Anonym
Fragt mal Alice

Dieser Band ist auf 100% Recyclingpapier gedruckt. Bei der Herstellung des Papiers wird keine Chlorbleiche verwendet.

Da das in diesem Buch vorliegende Tagebuch nicht erfunden ist, bleibt der Name der Verfasserin anonym.

Anonym

Fragt mal Alice

Aus dem Amerikanischen
von Irmela Brender

Deutscher Taschenbuch Verlag

Bearbeitete Neuausgabe nach den Regeln
der Rechtschreibreform
19. Auflage November 1999
1983 Deutscher Taschenbuch Verlag GmbH & Co. KG,
München
© 1971 Prentice-Hall, Inc.
Titel der Originalausgabe: ›Go Ask Alice‹,
erschienen bei Prentice-Hall, Inc.,
Englewood Cliffs, New Jersey, USA
© der deutschen Ausgabe: 1973 Boje-Verlag, Erlangen
ISBN 3-414-11700-2
Umschlaggestaltung: Jorge Schmidt und Tabea Dietrich
Umschlagbild: Christine Skobranek
Gesetzt aus der Garamond Monotype 11/12,5
(Diacos, Misomex 5040)
Gesamtherstellung: Ebner Ulm
Printed in Germany · ISBN 3-423-07840-5
dtv junior im Internet: www.dtvjunior.de

Fragt mal Alice stützt sich auf das Tagebuch einer Fünfzehnjährigen, die Drogen nahm.
Es ist keine definitive Aussage über die Drogenszene der Teenager aus der Mittelschicht. Es bietet keine Lösungen an.
Es ist vielmehr ein ganz persönlicher und spezifischer Bericht. Als solcher wird er, wie wir hoffen, Einsichten vermitteln in die ständig komplizierter werdende Welt, in der wir leben.
Namen, Ort, Zeit und bestimmte Ereignisse wurden auf Wunsch der Betroffenen geändert.

Die Herausgeber

Tagebuch Nummer eins

16. September

Ich weiß noch, dass ich mich gestern für den glücklichsten Menschen auf der ganzen Welt, im ganzen Milchstraßensystem, in der ganzen Schöpfung Gottes hielt. Kann das erst gestern gewesen sein oder war es vor endlosen Lichtjahren? Nie hatte das Gras frischer gerochen, nie war der Horizont so weit gewesen. Jetzt ist mir alles über dem Kopf zusammengeschlagen und ich wollte, ich könnte mit dem Dunkel des Universums verschmelzen und aufhören zu sein. Oh, warum, warum, warum kann ich das nicht? Wie soll ich Sharon und Debbie und den anderen gegenübertreten? Wie kann ich das? Inzwischen wissen alle in der Schule Bescheid, da bin ich sicher! Gestern habe ich dieses Tagebuch gekauft, weil ich glaubte, endlich etwas Wunderbares und Großartiges und Lohnendes mitteilen zu können, etwas so Persönliches, dass ich es keinem anderen lebenden Menschen sagen könnte, nur mir selbst. Jetzt ist es wie alles in meinem Leben zu einem großen Nichts geworden.
Ich verstehe wirklich nicht, wie Roger mir das antun konnte. So weit ich zurückdenken kann, habe ich ihn geliebt, und ich habe mein ganzes Leben lang darauf

gewartet, dass er mich bemerkt. Als er mich gestern fragte, ob ich mit ihm ausgehen wollte, glaubte ich buchstäblich vor Glück zu sterben. Wirklich, so war es! Und jetzt ist die ganze Welt kalt und grau und gefühllos und meine Mutter schimpft, weil ich mein Zimmer nicht aufräume. Wie kann sie deshalb schimpfen, wenn mir zum Sterben ist? Kann ich denn nicht einmal mit meiner eigenen Seele in Ruhe gelassen werden?
Tagebuch, du musst warten bis morgen, sonst muss ich mir wieder den langen Vortrag über meine Einstellung und meine Unreife anhören.
Bis bald.

17. September

Die Schule war ein Alptraum. An jeder Ecke fürchtete ich Roger zu begegnen und zugleich war ich verzweifelt vor Angst ihn nicht zu sehen. Ich habe mir immer wieder gesagt: »Vielleicht ist irgendetwas geschehen und er wird es erklären.« Beim Mittagessen musste ich den Mädchen sagen, dass er mich versetzt hat. Ich tat, als machte es mir nichts aus, aber oh, Tagebuch, das stimmt nicht! Es macht mir so viel aus, dass ich mich fühle, als sei ich innerlich ganz zerbrochen. Wie ist es möglich, dass ich trotz meines Elends, der Blamage und der Demütigung immer noch funktioniere, noch rede und lache und mich konzentriere? Wie konnte Roger mir das antun? Ich würde niemand auf der ganzen Welt absichtlich verletzen. Ich würde Menschen weder körperlich noch seelisch verletzen, warum also tun sie mir das ständig an? Selbst meine Eltern behandeln mich, als wäre ich dumm und minderwertig und nie gut genug. Ich glaube, ich werde nie dem entsprechen, was andere von mir erwarten. Auf jeden Fall entspreche ich nicht dem, was ich gern wäre.

19. September

Vaters Geburtstag. Nicht viel.

20. September

Mein Geburtstag. Ich bin fünfzehn. Nichts.

25. September

Liebes Tagebuch, ich habe etwa eine Woche lang nichts geschrieben, weil nichts Interessantes passiert ist. Die gleichen alten dummen Lehrer lehren die gleichen alten dummen Fächer in der gleichen alten dummen Schule. Irgendwie scheint mir nichts mehr Spaß zu machen. Zuerst habe ich gedacht, die Oberschule würde Spaß machen, aber sie ist bloß langweilig. Alles ist langweilig. Vielleicht kommt es nur daher, dass ich älter werde und das Leben stumpfer wird. Julie Brown gab eine Party, aber ich bin nicht hingegangen. Ich habe sieben hässliche, fette, widerliche, schlampige Pfund zugenommen und ich habe nichts mehr, was mir passt. So langsam sehe ich so schlampig aus, wie ich mich fühle.

30. September

Herrliche Neuigkeiten, Tagebuch! Wir ziehen um. Vater bekam einen Ruf nach– als Dekan für Politische Wissenschaften. Ist das nicht aufregend? Vielleicht wird es wieder wie früher, als ich jünger war. Vielleicht hält er wieder jeden Sommer Vorlesungen in Europa und wir gehen mit ihm wie früher. Oh, das machte damals Spaß, Spaß! Noch heute fange ich eine Abmagerungskur an. Bis zum Umzug werde ich ein völlig anderer Mensch sein. Nicht ein Bissen Schokolade und kein Stückchen Pommes frites wird mir über die Lippen kommen, bevor ich nicht zehn runde Pfund wabbeligen Speck losgeworden bin. Und ich werde mir eine ganz neue Garderobe nähen. Wer macht sich schon was aus Riesenross Roger? Im Vertrauen, Tagebuch, ich mache mir immer noch etwas aus ihm. Ich glaube, ich werde ihn immer lieben, aber kurz vor dem Umzug, wenn ich dünn bin und eine absolut makellose, blütenzarte, reine Haut habe und Kleider wie ein Mannequin, vielleicht fragt er mich dann noch mal, ob ich mit ihm ausgehe. Soll ich ihn dann stehen lassen oder ihn versetzen oder werde ich schwach werden – ich fürchte es – und mit ihm ausgehen?

Oh, bitte, Tagebuch, hilf mir stark und ausdauernd zu sein. Steh mir bei, dass ich jeden Morgen und Abend turne und mein Gesicht reinige und die richtigen Dinge esse und optimistisch und verträglich und fröhlich und heiter bin. Ich möchte so gern jemand Wichtiges sein oder wenigstens von

Zeit zu Zeit von einem Jungen eingeladen werden. Vielleicht wird mein neues Ich anders.

10. Oktober

Liebes Tagebuch, ich habe drei Pfund abgenommen und wir sind dabei, so einigermaßen unseren Umzug zu organisieren. Wir verkaufen unser Haus und Mutter und Vater sind auf Wohnungssuche in–. Ich bin mit Tim und Alexandra allein hier und es wird dich erstaunen, dass sie mich noch nicht einmal plagen. Wir freuen uns alle auf den Umzug und sie tun, was ich ihnen sage, helfen im Haushalt und mit den Mahlzeiten und so – nun, beinahe. Ich nehme an, dass Vater im Wintersemester die neue Stellung antritt. Er ist aufgeregt wie ein kleiner Junge und es ist ungefähr wie früher. Wir sitzen zusammen um den Tisch und lachen und scherzen und machen Pläne. Es ist großartig! Tim und Alexa bestehen darauf alle ihre Spielsachen und den ganzen Kram mitzunehmen. Ich persönlich hätte am liebsten alles neu, außer meinen Büchern natürlich, die sind ein Teil meines Lebens. Als ich in der fünften Klasse unter ein Auto kam und so lange in Gips lag, wäre ich ohne sie gestorben. Selbst jetzt bin ich mir nicht wirklich sicher, was an mir wirklich ist und was ich aus Büchern habe. Aber trotzdem, es ist großartig. Das Leben ist einfach großartig und wunderbar und aufregend, und ich kann es kaum erwarten, was hinter der nächsten Ecke liegt und hinter all den Ecken danach.

16. Oktober

Mutter und Vater kamen heute zurück. Hurra, wir haben ein Haus! Es ist ein großes, altes Haus im spanischen Stil und Mutter ist ganz begeistert davon. Ich kann kaum warten bis zum Umzug! Ich kann nicht warten! Ich kann nicht warten! Sie haben Fotos gemacht, in drei oder vier Tagen werden wir sie bekommen. Ich kann nicht warten, ich kann nicht warten, oder habe ich das schon eine Million Mal gesagt?

17. Oktober

Selbst die Schule ist wieder aufregend. Ich habe in der Algebraarbeit eine Eins geschrieben und überall sonst bekomme ich auch Eins oder Zwei. Algebra ist am schlimmsten. Wenn ich das schaffe, kann ich wohl alles schaffen! Gewöhnlich habe ich Glück, wenn ich mit Hängen und Würgen eine Drei bekomme. Ist es nicht komisch: Wenn eine Sache gut geht, dann geht alles andere auch gut. Ich komme sogar mit Mutter besser aus. Sie nörgelt nicht mehr so viel an mir herum. Ich kann nicht herausbekommen, wer von uns sich geändert hat – ich kann es wirklich nicht. Bin ich mehr so, wie sie mich haben will, und muss sie deshalb nicht mehr ständig hinter mir her sein oder verlangt sie weniger?
Ich habe sogar Roger im Flur gesehen und es hat mir nicht das Geringste ausgemacht. Er sagte »hallo« und blieb stehen um mit mir zu reden, aber ich bin einfach weitergegangen. Er wird mich nicht mehr umschmeißen! Du meine Güte, es ist erst drei Monate her!

22. Oktober

Scott Lossee hat mich für Freitag ins Kino eingeladen. Ich habe zehn Pfund abgenommen. Ich wiege jetzt hundertfünfzehn, das ist gut, aber ich würde gern noch zehn Pfund abnehmen. Mutter meint, so dünn soll ich nicht werden, doch sie hat keine Ahnung. Aber ich! Aber ich! Aber ich! Ich habe so lange nichts Süßes mehr gegessen, dass ich kaum mehr weiß, wie so etwas schmeckt. Vielleicht schlag ich Freitagabend über die Stränge und esse ein paar Pommes frites ... Mmmmmm ...

26. Oktober

Es war nett im Kino mit Scott. Hinterher sind wir noch ausgegangen und ich habe sechs wunderbare, köstliche, delikate, himmlische Pommes frites gegessen. Das war wirklich reine Lebensfreude! Ich empfinde für Scott nicht das Gleiche wie damals für Roger. Ich nehme an, er war meine einzige wahre Liebe, aber ich bin froh, dass es vorbei ist. Man muss sich das vorstellen: Ich bin kaum fünfzehn und die einzige wahre Liebe meines Lebens ist vorbei. Es kommt mir irgendwie tragisch vor. Vielleicht begegnen wir uns eines Tages wieder, wenn wir beide im College sind. Ich hoffe es. Ich hoffe es wirklich. Letzten Sommer bei Marion Hills Übernachtparty hatte jemand eine Nummer vom »Playboy« dabei mit einer Geschichte über ein Mädchen, das zum ersten Mal mit einem Jungen schläft, und ich konnte an nichts anderes denken als an Roger. Ich möchte nie mit irgendeinem anderen Jungen auf der ganzen Welt Sex erleben ... nie ... nie ... Ich schwöre, dass ich als Jungfrau sterbe, wenn Roger und ich nicht zusammenkommen. Ich könnte es nicht aushalten, wenn irgendein anderer Junge mich auch nur berühren würde. Noch nicht einmal über Roger bin ich mir da ganz klar. Vielleicht denke ich später, wenn ich älter bin, anders. Mutter sagt, wenn Mädchen älter werden, dringen Hormone in den Blutkreislauf ein und verstärken unsere sexuellen Wünsche. Wahrscheinlich bin ich einfach ein Spätentwickler. Ich habe ein paar ziemlich wüste Geschichten über manche Mädchen in der Schule gehört, aber ich bin nicht sie, ich bin ich, und außerdem scheint Sex so seltsam und so unbequem und so peinlich zu sein.

Dabei fällt mir immer unsere Turnlehrerin ein, die uns moderne Tänze beibringt und ständig sagt, dass davon unsere Körper stark und gesund fürs Kinderkriegen werden, und dann flötet sie, dass alles anmutig sein muss, anmutig, anmutig. Ich kann mir kaum vorstellen, dass Sex oder Kinderkriegen anmutig ist. Ich muss mich eilen. Bis später.

10. November

Mein liebes Tagebuch, es tut mir so Leid, dass ich dich vernachlässigt habe, aber ich hatte so viel zu tun. Wir sind mit den Vorbereitungen für Thanksgiving* beschäftigt und dann mit denen für Weihnachten.

---

* Amerikanisches Erntedankfest am letzten Donnerstag im November, wird als Familienfest begangen

Letzte Woche haben wir unser Haus an die Dulburrows mit ihren sieben Kindern verkauft. Ich wollte, wir hätten es an eine kleinere Familie verkaufen können. Ich hasse es, daran zu denken, wie diese sechs Jungen unsere schöne Vordertreppe hinauf- und hinunterrennen, mit ihren schmutzigen, klebrigen Fingern an die Wände tapsen und mit ihren dreckigen Füßen über Mutters weiße Teppichböden stapfen. Weißt du, wenn ich an solche Dinge denke, möchte ich plötzlich nicht weggehen! Ich habe Angst. Ich habe in diesem Zimmer alle meine fünfzehn Jahre verbracht, alle meine 5530 Tage. Ich habe in diesem Zimmer gelacht und geweint und gestöhnt und gemurrt. Ich habe Menschen und Dinge geliebt und gehasst. Es war ein großer Teil von meinem Leben, von mir. Werden wir jemals dieselben sein, wenn wir von anderen Wänden umgeben sind? Werden wir andere Gedanken denken und andere Gefühle haben? Oh, Mutter, Vater, vielleicht machen wir einen Fehler, vielleicht lassen wir zu viel von uns zurück.
Liebes kostbares Tagebuch, ich taufe dich mit meinen Tränen. Ich weiß, dass wir gehen müssen und dass ich eines Tages sogar das Haus meiner Eltern verlassen und in ein eigenes gehen muss. Aber immer werde ich dich mit mir nehmen.

30. November

Liebes Tagebuch, entschuldige, dass ich mich an Thanksgiving nicht um dich gekümmert habe. Es war so nett, Großmutter und Großvater waren zwei

Tage lang hier und wir haben es uns im Wohnzimmer gemütlich gemacht und von früher geredet. Vater ist die ganze Zeit nicht mal ins Büro gegangen. Großmutter hat mit uns Karamellbonbons gemacht wie damals, als wir klein waren, und sogar Vater hat mitgemacht. Wir haben alle viel gelacht, Alexa schmierte sich Karamell ins Haar und Großvaters falsche Zähne klebten fest und wir wurden fast hysterisch. Es tut ihnen Leid, dass wir so weit weg ziehen, und uns tut es auch Leid. Unser Zuhause wird nicht mehr das Gleiche sein, wenn Großmutter und Großvater nicht mehr vorbeikommen. Ich hoffe wirklich, dass Vater sich richtig entschieden hat.

4. Dezember

Liebes Tagebuch, Mama lässt mich nicht mehr weiterhungern. Ganz unter uns: ich weiß nicht, ob sie das etwas angeht. Es stimmt, ich hatte die letzten zwei Wochen eine Erkältung, aber ich weiß, dass die nicht von meiner Abmagerungskur kam. Wie kann Mutter nur so stur und unsachlich sein? Als ich heute Morgen meine übliche halbe Grapefruit zum Frühstück aß, zwang sie mich eine Scheibe Vollweizenbrot und ein Rührei und ein Stück Schinken zu essen. Das waren vermutlich mindestens vierhundert Kalorien, vielleicht sogar fünf- oder sechs- oder siebenhundert. Ich weiß nicht, warum sie mich nicht mein eigenes Leben führen lassen kann. Wenn ich aussehe wie eine Kuh, gefällt das weder ihr noch sonst jemand und mir selbst auch nicht. Ob ich nach jeder Mahlzeit den Finger in den Hals stecken und mich übergeben könnte? Sie sagt, ich müsse auch wieder Abendbrot essen, und das ausgerechnet, wo ich beinahe mein Idealgewicht erreicht habe und auch keine Hungerkrämpfe mehr spüre. Eltern sind wirklich ein Problem! Zumindest damit, Tagebuch, musst du dich nicht auseinander setzen, nur mit mir. Und ich fürchte, darüber bist du nicht allzu glücklich, denn mit mir hat man's bestimmt nicht leicht.

10. Dezember

Als ich dich kaufte, Tagebuch, nahm ich mir vor brav jeden Tag in dich hineinzuschreiben, aber an manchen Tagen ereignet sich nichts Schreibenswertes und an anderen bin ich zu beschäftigt oder zu gelangweilt oder zu wütend oder zu ärgerlich oder einfach zu sehr ich um irgendetwas zu tun, was ich nicht muss. Wahrscheinlich bin ich ein ziemlich mieser Freund selbst dir gegenüber. Immerhin fühle ich mich dir mehr verbunden als Debbie und Marie und Sharon, die meine allerbesten Freundinnen sind. Sogar wenn ich mit ihnen zusammen bin, bin ich nicht wirklich ich. Ich bin teilweise jemand anders, der versucht sich anzupassen und die richtigen Dinge zu sagen und die richtigen Dinge zu tun und am richtigen Platz zu sein und zu tragen, was alle anderen auch tragen. Manchmal denke ich, wir versuchen alle unsere gegenseitigen Schatten zu sein, die gleichen Platten und alles zu kaufen, selbst wenn sie uns nicht gefallen. Die Leute in unserem Alter sind wie Roboter vom Fließband und ich will kein Roboter sein!

14. Dezember

Ich habe gerade das Weihnachtsgeschenk für Mutter gekauft, eine wunderhübsche kleine Nadel mit einer Perle. Sie hat mich neun Dollar und fünfzig Cent gekostet, aber das ist sie wert. Es ist eine Zuchtperle, das bedeutet, sie ist echt, und sie sieht aus wie meine Mutter: zart und leuchtend, aber fest und zuverlässig unten drunter, so dass man nicht fürchten muss, dass sie sich auflöst. Oh, hoffentlich gefällt sie ihr! Ich möchte so sehr, dass sie ihr gefällt und dass ich ihr gefalle! Ich weiß immer noch nicht, was ich Tim und Vater kaufen soll, aber sie sind leichter zu beschenken. Für Vater hätte ich gern einen hübschen goldenen Halter für Kugelschreiber und Bleistifte und so, den er auf seinen großen neuen Schreibtisch in seinem großen neuen Büro stellen kann, damit er immer an mich denkt, wenn er ihn anschaut, selbst mitten in einer ungeheuer wichtigen Konferenz mit den führenden Köpfen der Welt, aber wie immer kann ich mir nur einen Bruchteil der Dinge leisten, die ich kaufen möchte.

17. Dezember

Lucy Martin gibt eine Weihnachtsparty und ich soll einen Gelatinesalat bringen. Es klingt nach einem lustigen Abend. (Zumindest hoffe ich, es wird einer.) Ich habe mir ein neues, weißes weiches Wollkleid genäht. Mutter hat mir geholfen und es ist wirklich schön. Ich hoffe, dass ich eines Tages so gut nähen kann wie sie. Eigentlich hoffe ich, dass ich eines Tages genauso sein kann wie sie. Ich frage mich, ob sie sich in meinem Alter darüber Gedanken gemacht hat, dass die Jungen sie nicht mögen und die Mädchen nur zeitweise ihre Freundinnen sind. Ich frage mich, ob die Jungen damals so sexbesessen waren wie heute? Wenn wir Mädchen uns über unsere Verabredungen unterhalten, dann scheint es, dass die meisten Jungen so sind. Von meinen Freundinnen lässt es keine bis zum Letzten kommen, aber ich glaube, viele Mädchen in der Schule sind da anders. Ich wollte, ich könnte mit meiner Mutter über solche Dinge reden, denn ich glaube, dass viele Mädchen und auch Jungen nicht wissen, wovon sie reden, zumindest kann ich nicht alles glauben, was sie mir erzählen.

22. Dezember

Die Party bei den Martins war lustig. Dick Hill brachte mich nach Hause. Er hatte den Wagen seines Vaters und wir fuhren durch die ganze Stadt und betrachteten die Lichter und sangen Weihnachtslieder. Das klingt irgendwie sentimental, aber so war es wirklich nicht. Als wir nach Hause kamen, gab er mir einen Gutenachtkuss, aber das war alles. Es hat mich etwas nervös gemacht, weil ich nicht weiß, ob er mich nicht mag oder mich einfach achtet, oder was? Wahrscheinlich kann ich nicht sicher sein, egal was geschieht. Manchmal wünsche ich, ich ginge mit jemandem, dann hätte ich immer einen zum Ausgehen und einen, mit dem ich wirklich reden könnte. Aber meine Eltern halten nichts davon und außerdem, im

Vertrauen gesagt, hat sich noch nie einer entsprechend für mich interessiert. Manchmal denke ich, niemand wird es je tun. Ich mag Jungen wirklich, manchmal glaube ich, ich mag sie zu sehr, aber ich bin nicht sonderlich beliebt bei ihnen. Ich wollte, ich wäre beliebt und schön und reich und begabt. Wäre es nicht nett, so zu sein?

25. Dezember

Es ist Weihnachten! Wunderbares, großartiges, glückliches, heiliges Weihnachten. Ich bin so glücklich, dass ich mich kaum beherrschen kann. Ich habe Bücher und Platten bekommen und einen Rock, den ich hinreißend finde, und viele kleine Dinge. Mutter gefällt ihre Nadel wirklich! Sie war ganz verliebt in sie und trug sie den ganzen Abend. Oh, ich bin so glücklich, dass sie ihr gefällt. Großmutter und Großvater waren hier und Onkel Arthur und Tante Jeannie und ihre Kinder. Es war großartig. Ich glaube, Weihnachten ist die allerschönste Zeit des Jahres. Jeder fühlt sich warm und sicher und gebraucht und erwünscht. (Sogar ich.) Ich wollte, es könnte immer so sein. Ich möchte nicht, dass dieser Tag endet. Nicht nur, weil es ein so großartiger Tag war, sondern weil das unser letztes großes Fest in diesem schönen Haus ist.
Ade, liebes Haus, in deinem Festtagsschmuck aus Lametta und Stechpalmen und bunten Lichtern. Ich liebe dich! Du wirst mir fehlen!

1. Januar

Gestern Abend ging ich zu einer Silvesterparty bei Scott. Es wurde ein bisschen wild. Ein paar Jungen hauten ziemlich auf die Pauke. Ich ging früh nach Hause und sagte, mir sei nicht gut, aber in Wirklichkeit bin ich so aufgeregt über den Umzug in zwei Tagen, dass ich fast durchdrehe. In den nächsten beiden Nächten werde ich bestimmt nicht schlafen. Allein die Vorstellung, in ein neues Haus und eine neue Stadt und einen neuen Bezirk und ein neues Bundesland zu ziehen, und das alles auf einmal. Vater und Mutter kennen ein paar Leute von der Fakultät und sie haben unser neues Haus immerhin schon gesehen. Ich habe zwar Fotos gesehen, doch es wirkt immer noch wie ein großer, kalter, unheilvoller Fremdling. Ich hoffe, wir mögen es und es kann sich an uns gewöhnen.

Ehrlich, ich würde das niemandem zu sagen wagen außer dir, Tagebuch, aber ich bin nicht sehr sicher, dass ich es in einer neuen Stadt schaffen werde. Ich habe es kaum in unserer alten Stadt geschafft, wo ich jeden kannte und alle mich kannten. Ich habe mir nie zuvor auch nur erlaubt darüber nachzudenken, aber ich habe in einer neuen Situation wirklich nicht viel zu bieten. Oh, lieber Gott, hilf mir mich anzupassen, hilf mir akzeptiert zu werden, hilf mir dazuzugehören, lass mich nicht ein gesellschaftlicher Außenseiter sein und eine Last für meine Familie. Hier heule ich schon wieder, wie blöd, aber ich kann dagegen so wenig tun wie gegen den Umzug. Nun bist du wieder nass, ein Glück, dass Tagebücher sich nicht erkälten können!

4. Januar

Wir sind da! Es ist noch kaum der 4. Januar, gerade zehn Minuten nach eins, und Tim und Alexa haben sich gestritten und Mama hat entweder eine Darmgrippe oder ist einfach durcheinander von der Aufregung; auf jeden Fall musste Vater zweimal anhalten, damit sie sich übergeben konnte. Irgendetwas ist falsch gelaufen und die Lichter brennen nicht und ich glaube, selbst Vater würde am liebsten umkehren und wieder nach Hause gehen. Mutter hatte eine Skizze für die Spediteure gemacht, wo sie alles hinstellen sollten, aber sie haben alles durcheinander gebracht. Also müssen wir uns alle einfach irgendwelches Bettzeug suchen und schlafen, wo es gerade geht. Ich bin froh, dass ich meine kleine Taschenlampe eingesteckt habe, so habe ich wenigstens genug Licht zum Schreiben. Im Vertrauen – das Haus sieht ziemlich unheimlich und gruselig aus, aber das liegt vielleicht daran, dass noch keine Vorhänge hängen und nichts. Vielleicht sieht morgen alles freundlicher aus. Unfreundlicher ist kaum möglich.

6. Januar

Es tut mir Leid, dass ich zwei Tage lang nicht schreiben konnte, aber wir haben uns keine Ruhe gegönnt. Wir versuchen immer noch Vorhänge an die Fenster zu bekommen und Kisten auszupacken und Dinge einzuräumen. Das Haus ist herrlich. Die Wände bestehen aus dickem dunklem Holz und zwei Stufen führen hinunter zu einem lang gestreckten, tief lie-

genden Wohnzimmer. Ich habe mich bei jedem Raum für meine Gefühle von gestern Abend entschuldigt.
Ich mache mir immer noch Sorgen wegen der Schule und HEUTE muss ich hin. Ich wollte, Tim ginge in die gleiche Schule wie ich. Selbst ein kleiner Bruder wäre besser als nichts, aber er geht in eine andere Schule. Er hat bereits einen gleichaltrigen Jungen getroffen, der in unserer Straße wohnt, und ich sollte froh sein seinetwegen, aber ich bin es nicht – ich bin traurig meinetwegen. Alexandra geht noch in die Grundschule und einer der Professoren wohnt in der Nähe und hat eine Tochter in ihrem Alter, also wird sie nach der Schule direkt zu ihm nach Hause gehen. Wie viel Glück kann man haben, eingebaute Freunde und alles? Für mich bleibt, wie üblich, nichts! Ein großes fettes Nichts, und das ist wahrscheinlich genau das, was ich verdiene. Ich frage mich, ob die Leute hier die gleichen Sachen tragen wie zu Hause? Oh, hoffentlich sehe ich nicht so anders aus, dass sie mich alle anstarren. Oh, wie ich mir eine Freundin wünsche! Aber ich schminke mir besser das große falsche Lächeln ins Gesicht, Mutter ruft und ich muss reagieren mit einer »Einstellung, die ausschlaggebend ist für die Einstellung anderer mir gegenüber«.
Eins, zwei, drei, hier kommt der Märtyrer.

6. Januar, abends

Oh, Tagebuch, es war fürchterlich. Es war der einsamste, kälteste Ort der Welt. Kein einziger Mensch hat mich an diesem endlosen langen Tag auch nur angesprochen. In der Mittagspause bin ich ins Büro der Krankenschwester geflohen und habe gesagt, ich hätte Kopfweh. Dann habe ich die letzte Stunde geschwänzt, bin in den Drugstore gegangen und habe mir eine Schokomilch, eine Doppelportion Pommes frites und eine Tafel Schokolade bestellt. Es musste etwas im Leben geben, was der Mühe wert war. Solange ich aß, hasste ich mich für mein kindisches Benehmen. So gekränkt ich auch bin, wenn ich darüber nachdenke, dann habe ich mich wahrscheinlich gegenüber jedem neuen Mitschüler genauso verhalten, entweder ich habe sie völlig ignoriert oder sie neugierig angestarrt. Jetzt erfahre ich das Gleiche und wahrscheinlich verdiene ich es, aber ach, wie leide ich darunter! Sogar meine Fingernägel und Zehennägel und Haarwurzeln tun mir weh.

7. Januar

Das Abendessen gestern war unerträglich. Alexa ist begeistert von ihrer neuen Schule und ihrer neuen kleinen Freundin Tricia. Tim fuhr mit dem Nachbarjungen im Bus und hatte drei Unterrichtsstunden, er sagte, die Mädchen seien hier hübscher als in seiner alten Schule und ganz hingerissen von ihm, aber so ist es immer, wenn ein neuer Junge kommt. Mutter war bei einem Tee und fand alle Leute »charmant, schön und angenehm«. (Ist das nicht nett?) Nun, mir geht es wie Öl mit Wasser, ich kann mich nicht angleichen, passe nirgends hin. Häufig scheine ich sogar außerhalb zu stehen, wenn ich nur meine eigene Familie betrachte. Wie kann ich ein solcher Versager sein, wenn ich dieses gesellige, freundliche, aufgeschlossene Zuhause habe? Großvater war in der Politik und galt immer als der bevorzugte Kandidat, mit Großmutter an der Seite. Was ist also mit mir los? Bin ich ein Versager? Ein Außenseiter? Fehl am Platze!

14. Januar

Eine ganze Woche ist vergangen und niemand hat etwas anderes getan als mich höchstens neugierig und feindselig anzustarren, als wollten sie sagen: »Was willst du hier?« Ich habe versucht mich in meine Bücher und meine Hausaufgaben und meine Musik zu vergraben und zu tun, als sei es mir gleichgültig. Ich glaube, ich mache mir wirklich nichts daraus, und wenn, dann wird davon auch nichts anders. Ich habe fünf Pfund zugenommen und auch daraus mache ich mir nichts. Ich weiß, dass sich Mutter Sorgen um mich macht, weil ich so still geworden bin, aber wovon soll man schon reden? Wenn ich ihre ständige Regel befolgen würde: »Wenn du nichts Nettes sagen kannst, dann sage überhaupt nichts«, würde ich den Mund nur noch zum Essen aufmachen und das habe ich auf jeden Fall reichlich getan!

8. Februar

Seit wir hier sind, habe ich fast fünfzehn Pfund zugenommen, mein Gesicht sieht schrecklich aus und mein Haar ist so strähnig und fettig, dass ich es jeden Abend waschen müsste, damit es einigermaßen anständig aussieht. Vater ist nie zu Hause und Mutter lässt mich keine Sekunde in Ruhe: »Sei glücklich, roll dir die Haare auf, sei optimistisch, lächle, sei aktiv, sei freundlich«, und wenn sie mir noch einmal sagen, dass ich mich negativ und unreif verhalte, dann fange ich an zu würgen. Ich kann die Kleider nicht mehr anziehen, die ich genäht habe, bevor wir herkamen, und ich weiß, dass Tim sich meiner schämt. Wenn seine Freunde in der Nähe sind, behandelt er mich wie eine Blöde, beleidigt mich und macht Bemerkungen über meine Hippie-Haare. Diese Stadt und die Schule im Allgemeinen und meine Familie und ich im Besonderen hängen mir zum Hals heraus.

18. März

Endlich habe ich in der Schule eine Freundin gefunden. Sie ist so plump und eigenbrötlerisch wie ich. Aber ich nehme an, dieser alte Quatsch über Gleich und Gleich stimmt. Eines Abends kam Gerta und holte mich zum Kino ab und meine Familie war fast unfreundlich zu ihr. Man muss sich vorstellen, wie sehr meine leidende, liebenswürdige Mutter in Versuchung kommt, einen bösen Satz über diesen schlampigen Niemand von einer Freundin zu sagen. Ich frage mich, warum sie nicht einen zweiten Blick

auf den schlampigen Niemand von einer Tochter wirft oder wäre das zu viel verlangt von der wohlgepflegten, schlanken, charmanten Frau des großen Professors, der vielleicht in ein paar Jahren College-Präsident werden wird?
Ich konnte sehen, wie sie sich alle ein bisschen gewunden haben, genau wie ich mich winde, seit wir in diesem ausweglosen Loch gelandet sind.

10. April

Oh, Glück und Freude und Vergnügen! Mutter hat mir versprochen, dass ich die Sommerferien bei den Großeltern verbringen darf. Heute, noch in dieser Minute, fange ich mit einer Abmagerungskur an! Natürlich hatte Mutter wie immer eine kleine Bedingung eingeflochten – meine Noten müssen wieder besser werden.

20. April

Das Schuljahr ist fast zu Ende, nur noch zwei Monate, ich kann es kaum mehr abwarten. Tim ist unerträglich und Mutter meckert ständig, ständig an mir herum: »Tu dies nicht – tu das nicht – tu dies – tu das – warum tust du nicht . . .? Du weißt, du solltest – jetzt benimmst du dich wieder so kindisch und unreif.« Ich weiß, dass sie mich immer mit Tim und Alexandra vergleicht und dass ich dabei einfach nicht gut abschneide. Es sieht aus, als müsste jede Familie ihren Idioten haben, dreimal darf man raten, wer es in diesem trauten Heim ist. Ein bisschen geschwisterliche Rivalität ist natürlich, aber bei uns gerät sie außer Kontrolle. Ich habe Tim und Alexa wirklich gern, aber auch sie haben eine Menge Fehler und ich kann kaum entscheiden, ob ich sie mehr liebe, als ich sie hasse, oder ob ich sie mehr hasse, als ich sie liebe. Das trifft auch auf Mutter und Vater zu! Aber wenn ich ehrlich bin, glaube ich, es trifft am meisten auf mich zu.

5. Mai

Jeder einzelne Lehrer, den ich in diesem Schuljahr habe, ist ein Idiot und ein Langweiler. Ich habe einmal gelesen, dass ein Mensch von Glück sagen kann, wenn er in seinem ganzen Leben zwei gute Lehrer hat, die ihn fördern und motivieren. Ich nehme an, ich hatte meine zwei im Kindergarten und in der ersten Klasse, wie?

13. Mai

Auf dem Heimweg habe ich ein anderes Mädchen getroffen. Sie wohnt nur drei Straßen von uns entfernt und sie heißt Beth Baum. Sie ist wirklich schrecklich nett. Sie ist auch ziemlich schüchtern und zieht genau wie ich Bücher den Menschen vor. Ihr Vater ist Arzt und meistens nicht zu Hause, genau wie mein Vater, und ihre Mutter meckert viel, aber ich nehme an, das tun alle Mütter. Wenn sie es nicht täten, dann wären die Wohnungen und die Höfe und selbst die Welt wohl in einem schlechten Zustand. Oh, ich hoffe, dass ich keine nörgelnde

Mutter sein muss, aber wahrscheinlich muss ich es doch sein, sonst wird nie etwas getan.

19. Mai

Heute bin ich nach der Schule mit Beth nach Hause gegangen. Sie haben ein hübsches Haus und ein Ganztagsmädchen, das bei ihnen wohnt. Beth ist Jüdin. Ich habe noch nie zuvor eine jüdische Freundin gehabt und irgendwie dachte ich, sie seien anders. Ich weiß nicht, wie, denn wir sind alle Menschen, aber ich dachte einfach, sie ... nun, sie wären ... aber wie gewöhnlich weiß ich nicht, wovon ich rede.
Beth ist sehr gewissenhaft und macht sich Gedanken über ihre Noten, also haben wir zuerst gearbeitet und dann Platten gehört und Diät-Cola getrunken. (Sie will auch abnehmen.) Ich mag sie wirklich und es ist schön eine richtige Freundin zu haben, denn, im Vertrauen, mit Gerta habe ich mich nie richtig wohl gefühlt, ich wollte immer ihre Sätze verbessern und ihr sagen, dass sie auf ihre Kleider und ihre Haltung achten muss. Wahrscheinlich bin ich Mutter ähnlicher, als ich dachte! Ich bin kein Snob – wirklich nicht. Aber richtige Freundschaft entsteht nicht aus Mitleid und weil man sich an jemand klammern muss um nicht unterzugehen. Richtige Freundschaft muss sich auf gemeinsame Interessen und Fähigkeiten und, ja, sogar auf ähnliche Verhältnisse stützen. Donnerwetter, heute wäre Mutter stolz auf meine Gedanken und meine Einstellung. Es ist zu schade, dass wir nicht mehr miteinander reden können. Ich erinnere mich, dass ich mit ihr reden konnte, als ich

klein war, aber heute ist es, als sprächen wir verschiedene Sprachen, und keiner weiß, was der andere meint. Sie meint etwas und ich fasse es anders auf oder sie sagt etwas und ich denke, sie will mich korrigieren oder erziehen oder mir etwas predigen. Ich habe wirklich den Verdacht, dass sie das überhaupt nicht tut, sondern nur herumtastet und mit den Worten genauso unsicher umgeht wie ich. So ist das Leben, denke ich.

22. Mai

Beth hat heute bei mir Hausaufgaben gemacht und Mutter und Vater und die beiden Kleinen mochten sie! Sie haben sie sogar aufgefordert daheim anzurufen und zu fragen, ob sie zum Abendessen bleiben dürfe, und nachher nimmt Mutter uns zum Einkaufen in die Stadt, denn donnerstagabends sind hier alle Läden offen. Ich ziehe mich gerade um und Beth ist heimgegangen um ihre Sachen zu holen. Wir werden sie dann abholen, aber ich muss jetzt einfach rasch diese ganze berauschende Sache aufschreiben. Sie ist zu großartig und schön und wunderbar um sie für sich zu behalten.

24. Mai

Beth ist eine wundervolle Freundin. Ich glaube, sie ist die einzige »beste« Freundin, die ich jemals hatte, seit ich ein kleines Mädchen war. Wir können über alles reden. Wir reden sogar über Religion. Der jüdische Glaube ist ziemlich anders als unserer. Sie haben ihren Gottesdienst am Samstag und sie warten immer noch auf Christus oder den Messias. Beth hat ihre Großeltern sehr gern und sie will, dass ich sie kennen lerne. Sie sagt, sie seien orthodox und essen Fleisch von anderen Tellern als Milcherzeugnisse. Ich wollte, ich wüsste mehr über meine eigene Religion, damit ich es Beth erklären könnte.

3. Juni

Heute haben Beth und ich über Sex geredet. Ihre Großmutter hat ihr erzählt, wenn bei einer jüdischen Heirat jemand sagt, das Mädchen sei keine Jungfrau, und das auch beweisen kann, dann muss der junge Mann sie nicht heiraten. Wir haben überlegt, wie sie so etwas beweisen wollen, aber wir wissen es beide nicht richtig. Beth sagt, sie frage lieber ihre Großmutter als ihre Mutter, aber ich würde eher zu meiner Mutter gehen, wenn ich überhaupt jemand fragen wollte, und das tue ich natürlich nicht. Und meine Mutter wüsste sowieso über jüdische Sitten nicht Bescheid.
Beth sagt, manchmal habe sie Alpträume: Sie geht bei ihrer Hochzeit in einem langen, wunderschönen weißen Kleid den Gang entlang, Hunderte von Menschen schauen zu und jemand flüstert dem Rabbi ins Ohr, dass sie keine Jungfrau sei, und ihr Bräutigam dreht sich um und lässt sie stehen. Ich kann sie verstehen, mir wäre ganz genauso zu Mute. Eines Tages, wenn sie mutig genug ist, wird sie ihre Großmutter oder jemand anderen danach fragen. Hoffentlich sagt sie es mir, denn ich möchte es auch wissen.

10. Juni

Liebes Tagebuch,
bald ist das Schuljahr vorbei und jetzt will ich gar nicht, dass es zu Ende geht. Beth und ich kommen so gut miteinander aus. Keine von uns ist bei den Jungen sehr beliebt, aber manchmal muss Beth mit den jüdischen Söhnen der Freundinnen ihrer Mutter ausgehen. Sie sagt, es sei im Allgemeinen sehr langweilig und die Jungen mögen sie genauso wenig wie umgekehrt, aber jüdische Familien sind so, sie wollen, dass ihre Kinder andere jüdische Kinder heiraten. Eines Abends wird Beth mich mitnehmen zu einer Viererverabredung mit einem »netten jüdischen Jungen«, um ihre Mutter zu zitieren. Beth sagt, das wird ihm viel Spaß machen, weil ich keine Jüdin bin und er das Gefühl hat, dass er seine Mutter an der Nase herumführt. Ich glaube, ich mag den Jungen schon jetzt.

13. Juni

Hurra! Die Schule ist aus! Aber ich bin auch etwas traurig.

15. Juni

Beth hat für mich eine Verabredung mit einem Jungen namens Sammy Green arrangiert. Er war unglaublich korrekt und höflich gegenüber meinen Eltern und deshalb mochten sie ihn, aber sowie wir im Wagen waren, bestand er nur noch aus Händen. Eltern sind wirklich schlechte Menschenkenner. Manchmal frage ich mich, wie sie bis heute durchgekommen sind. Auf jeden Fall war der ganze Abend wirklich blöd. Sam ließ mich noch nicht einmal in Ruhe den Film anschauen. Außerdem war es ein so schmutziger Film, dass Beth und ich hinterher noch lange im Damenklo blieben. Wir waren beide zu verlegen um hinauszugehen, aber da wir nicht die ganze Nacht dort drin verbringen konnten, rauschten wir schließlich zurück ins Foyer und taten, als wäre überhaupt nichts gewesen. Die Jungen versuchten mit uns über den Film zu reden, aber wir haben beide, sie und ihn, ignoriert.

18. Juni

Heute erfuhr ich die schreckliche Nachricht, dass Beth sechs Wochen lang in ein Sommerlager gehen muss. Ihre Eltern reisen nach Europa und haben sie in einem jüdischen Ferienlager untergebracht. Ich bin todtraurig und sie auch. Wir haben beide mit unseren Eltern gesprochen, aber wir könnten genauso gut mit dem Wind reden. Sie hören uns nicht, sie hören uns nicht einmal zu. Wahrscheinlich werde ich wie vorgesehen den Sommer bei den Großeltern verbringen, aber selbst das erscheint nicht mehr sehr interessant.

23. Juni

Beth und ich sind nur noch zwei Tage zusammen. Unsere Trennung ist fast wie ein Warten auf den Tod. Ich muss sie schon immer gekannt haben, denn sie versteht mich. Als ihre Mutter Verabredungen für sie arrangierte, hat es Zeiten gegeben, in denen ich eifersüchtig auf die Jungen war. Ich hoffe, es ist nicht unnormal, wenn ein Mädchen so für ein anderes Mädchen empfindet. Oh, ich hoffe nicht. Ist es möglich, dass ich sie liebe? Ach, das wäre selbst für mich zu blöd. Sie ist einfach die beste Freundin, die ich jemals hatte oder jemals haben werde.

25. Juni

Es ist vorbei! Um zwölf Uhr fährt Beth ab. Gestern Abend haben wir Abschied voneinander genommen und wir haben beide geweint und einander umklammert wie ängstliche Kinder. Beth ist so allein wie ich. Ihre Mutter schreit herum und sagt ihr, dass sie kindisch und albern ist. Zumindest haben meine Eltern Mitleid und verstehen, wie einsam ich sein werde. Mutter hat mich sogar mit zum Einkaufen genommen und mir fünf Dollar für eine goldene Halskette mit einer persönlichen Gravur gegeben und Vater hat mir gesagt, dass ich zwei Ferngespräche mit ihr führen darf. Das ist wirklich sehr anständig und nett von ihnen. Ich glaube, ich bin gut dran.

2. Juli

Liebes Tagebuch, ich bin bei den Großeltern und ich habe mich noch nie in meinem Leben so gelangweilt. Jetzt weiß ich, was das heißt, ein langer, heißer Sommer – dabei ist es noch nicht einmal richtig Sommer! Ich glaube, ich verliere den Verstand! Seit ich hier bin, lese ich täglich ein Buch und alles ödet mich an. Das ist erstaunlich, denn während der Schulzeit habe ich mich so danach gesehnt, lang im Bett zu bleiben und einfach faul und faul und faul zu sein und zu lesen, lesen, lesen, fernzusehen und zu tun, was ich gern tun möchte, aber jetzt habe ich alles satt. Oh, es ist die reine Qual. Sharon ist weggezogen und Debbie geht mit einem Jungen und Marie ist mit ihrer Familie in Urlaub. Ich bin erst seit fünf Tagen da. Ich werde mich dazu zwingen müssen mindestens eine Woche zu bleiben, bevor ich sage, dass ich wieder heim möchte. Ob ich das aushalte ohne verrückt zu werden?

7. Juli

Heute ist etwas sehr Seltsames passiert, das heißt ich hoffe, dass es passieren wird. Oh, und wie! Und wie! Und wie! Großvater und ich gingen in die Stadt um ein Geburtstagsgeschenk für Alexa zu kaufen und während wir im Kaufhaus waren, kam Jill Peters vorbei. Sie sagte »hallo« und wir haben miteinander geredet. Ich habe sie nicht mehr gesehen, seit wir weggezogen sind, und ich habe eigentlich nie zu ihrer Clique gehört, die ziemlich exklusiv war, aber auf jeden Fall sagte sie, nach der Schule wolle sie an Vaters Uni studieren, sie könne es kaum erwarten, aus dieser kleinen, muffigen Stadt wegzukommen und irgendwo zu leben, wo wirklich etwas los ist. Ich versuchte zu tun, als wären wir dort sehr weltstädtisch und supermodern, aber tatsächlich sind mir zwischen hier und dort nicht viele Unterschiede aufgefallen. Dennoch habe ich meine Geschichte wohl ziemlich gut zusammengelogen, denn sie sagte, morgen Abend bekomme sie Besuch und sie werde mich anrufen. Oh, hoffentlich tut sie es auch.

8. Juli

Oh, Tagebuch, ich bin so glücklich, dass ich weinen könnte! Es ist passiert. Jill hat genau um 10.32 Uhr angerufen. Ich weiß es so genau, weil ich mit der Uhr in der Hand neben dem Telefon saß und versuchte ihr telepathische Signale zu senden. Sie hat ein paar Leute eingeladen zum Reden und Plattenhören. Ich werde meinen neuen weißen Hosenanzug anziehen und jetzt muss ich mir die Haare waschen und einrollen. Sie werden wirklich lang, lang, lang, aber wenn ich sie auf Orangensaftdosen wickle, bekommen sie gerade die richtige Spannung und eine große schöne Außenrolle. Ich hoffe, wir haben genug Dosen – wir müssen! Wir müssen einfach!

10. Juli

Liebes Tagebuch, ich weiß nicht, ob ich beschämt oder beglückt sein sollte. Ich weiß nur, dass ich gestern Abend eine der unglaublichsten Erfahrungen meines Lebens gemacht habe. Es klingt schauerlich, wenn ich es in Worte fasse, aber in Wirklichkeit war es ungeheuer und wundervoll und zauberhaft.

Die Leute bei Jill waren so freundlich und entspannt und ungezwungen, dass ich mich sofort wie zu Hause fühlte. Sie akzeptierten mich, als hätte ich schon immer zu ihrer Clique gehört, und alle wirkten glücklich und gelassen. Die Atmosphäre hat mir gefallen. Es war Klasse, Klasse, Klasse. Und dann brachten nach einiger Zeit Jill und einer der Jungen ein Tablett mit Cola und alle streckten sich sofort auf dem Boden auf Kissen aus oder machten es sich zusammen auf dem Sofa und den Sesseln bequem.

Jill blinzelte mir zu und sagte: »Heute Abend spielen wir ›Taler, Taler, du musst wandern...‹ Du weißt doch, das haben wir als Kinder gespielt.« Bill Thompson, der neben mir lag, lachte. »Es ist nur schade, dass jetzt jemand Babysitter sein muss.«

Ich schaute zu ihm auf und lächelte. Ich wollte nicht dumm erscheinen.

Alle schlürften langsam ihre Drinks und jeder schien jeden zu beobachten. Ich ließ Jill nicht aus den Augen, ich nahm an, dass ich mich verhalten sollte wie sie.

Plötzlich fühlte ich in mir etwas Seltsames wie einen Sturm. Ich weiß noch, dass zwei oder drei Platten gespielt worden waren, seit wir die Drinks bekommen

hatten, und jetzt schauten alle zu mir her. Meine Handflächen schwitzten, im Nacken spürte ich feuchte Tropfen. Der Raum wirkte ungewöhnlich still und als Jill aufstand um die Rollläden ganz zu schließen, dachte ich: Sie versuchen mich zu vergiften! Warum, warum sollten sie versuchen mich zu vergiften?
In meinem ganzen Körper war jeder Muskel angespannt und ein Gefühl gespenstischen Begreifens überschwemmte mich, würgte mich, erstickte mich. Als ich die Augen öffnete, wurde mir klar, dass es nur Bill war, der seinen Arm um meine Schulter gelegt hatte. »Du hast Glück«, sagte er mit einer Stimme, die klang wie eine Schallplatte bei falscher Geschwindigkeit. »Aber hab keine Angst, ich gebe auf dich Acht. Das wird ein guter Trip*. Komm, entspanne dich, genieße ihn, genieße ihn.« Er streichelte zärtlich mein Gesicht und meinen Hals und sagte: »Ehrlich, ich werde nicht zulassen, dass dir etwas Schlimmes passiert.« Plötzlich schien er sich ständig zu wiederholen, es klang wie in einer Echokammer. Ich fing an zu lachen, wild, hysterisch. Es kam mir vor wie die komischste, absurdeste Sache, die ich je gehört hatte. Dann bemerkte ich seltsame, gleitende Muster an der Decke. Bill zog mich herunter und legte meinen Kopf in seinen Schoß, während ich beobachtete, wie sich die Muster in wirbelnde Farben verwandelten, in große Felder von Rot, Blau und Gelb. Ich versuchte den anderen etwas von dieser Schönheit mitzuteilen, doch meine Worte kamen

---

* Diese und andere Worterklärungen s. S. 219 f.

triefend, nass oder nach Farbe schmeckend heraus. Ich richtete mich auf und begann zu gehen. Innen und außen an meinem Körper kroch ein leichtes Frösteln hoch. Ich wollte es Bill erzählen, aber ich konnte nur lachen.

Bald tauchten ganze Gedankenstränge zwischen jedem Wort auf. Ich hatte die vollkommene und wahre und originale Sprache gefunden, die schon Adam und Eva gebrauchten, doch wenn ich es zu erklären versuchte, hatten meine Worte wenig mit meinen Gedanken zu tun. Ich verlor es, es entglitt mir, dieses wunderbare, unschätzbare, echte Ding, das für die Nachwelt bewahrt werden musste. Ich fühlte mich entsetzlich und schließlich konnte ich überhaupt nicht mehr reden und fiel zurück auf den Boden, schloss die Augen, und die Musik fing an mich körperlich zu absorbieren. Ich konnte sie nicht nur hören, sondern auch riechen und berühren und fühlen. Noch nie war etwas so schön gewesen. Ich war ein Teil jedes einzelnen Instruments, buchstäblich ein Teil. Jede Note hatte ihre eigene Gestalt, Form und Farbe und schien gänzlich getrennt von den anderen, so dass ich ihre Beziehung zur ganzen Komposition überdenken konnte, bevor die nächste Note erklang. Mein Geist verfügte über die Weisheiten aller Zeitalter und es gab keine angemessenen Worte zu ihrer Beschreibung.

Ich betrachtete eine Zeitschrift auf dem Tisch und ich konnte sie in hundert Dimensionen sehen. Sie war so schön, dass ich ihren Anblick nicht ertragen konnte und meine Augen schloss. Sofort glitt ich in eine andere Sphäre, eine andere Welt, einen anderen

Zustand. Die Dinge strömten hinweg von mir und auf mich zu, nahmen mir den Atem wie die Abfahrt in einem schnellen Aufzug. Ich konnte nicht sagen, was wirklich war und was unwirklich. War ich der Tisch oder das Buch oder die Musik oder war ich Teil von ihnen allen, aber es war wirklich gleichgültig, denn was immer ich auch war, ich war wunderbar. Zum ersten Mal in meinem ganzen Leben, soweit ich mich erinnern konnte, war ich völlig ungehemmt. Ich tanzte vor der ganzen Gruppe, agierte, tat mich hervor und genoss jede Sekunde.
Meine Sinne waren so wach, dass ich jemanden im Nachbarhaus atmen hören konnte und riechen konnte, wie jemand Meilen entfernt oranges und rotes und grünes Gelee zubereitete.
Ewigkeiten schienen vergangen, bis ich langsam vom Trip herunterkam und die Party sich aufzulösen begann. Irgendwie fragte ich Jill, was geschehen war, und sie sagte, dass zehn von den vierzehn Colaflaschen LSD enthielten, und »Taler, Taler«, keiner wusste, zu wem sie wandern würden. Uff, ich bin froh, dass ich zu den Glücklichen gehörte.
Großvaters Haus war dunkel, als wir heimkamen, und Jill half mir in mein Zimmer, aus den Kleidern und ins Bett und ich sank in eine Art seekranken Schlaf, eingehüllt in ein allgemeines Wohlbefinden bis auf ein leichtes Kopfweh, das wahrscheinlich vom langen und intensiven Lachen kam. Es hat Spaß gemacht! Es war ekstatisch! Es war großartig! Aber ich glaube nicht, dass ich es noch einmal versuchen werde. Ich habe zu viele erschreckende Geschichten über Drogen gehört. Jetzt, wo ich zurückdenke,

meine ich, dass ich hätte wissen müssen, was geschah. Jeder Idiot hätte es wissen müssen, aber ich fand die ganze Party so eigenartig und aufregend, dass ich wahrscheinlich nicht zugehört habe oder vielleicht nicht zuhören wollte – ich hätte mich zu Tode gefürchtet, wenn ich es gewusst hätte. Jetzt bin ich froh, dass sie es mir heimlich gegeben haben, denn so kann ich mir frei und ehrlich und tugendhaft vorkommen, weil ich die Entscheidung nicht selbst getroffen habe. Und außerdem ist das ganze Erlebnis vorbei und vergangen und ich werde nie mehr daran denken.

13. Juli

Liebes Tagebuch,
seit zwei Tagen versuche ich mich davon zu überzeugen, dass der Gebrauch von LSD mich zu einer »Drogensüchtigen« und all den anderen niedrigen, unsauberen, verächtlichen Dingen macht, die ich über Leute gehört habe, die LSD und andere Drogen nehmen; aber ich bin so, so, so, so, so neugierig, ich kann es einfach nicht abwarten, Hasch zu versuchen, nur einmal, das verspreche ich! Ich muss einfach herausfinden, ob es all das ist, was es angeblich nicht ist. Alles, was ich über LSD gehört habe, wurde offenbar von uninformierten ignoranten Leuten wie meinen Eltern geschrieben, die offensichtlich nicht wissen, wovon sie reden; vielleicht ist es mit Hasch das Gleiche. Auf jeden Fall hat Jill heute Morgen angerufen, sie verbringt das Wochenende bei einer Freundin und wird mich gleich am Montagmorgen anrufen.

Ich habe ihr gesagt, wie ganz und gar großartig ich mich bei ihr gefühlt habe, und das schien ihr zu gefallen. Ich bin sicher, wenn ich ein paar Andeutungen mache, wird sie dafür sorgen, dass ich Hasch einmal ausprobieren kann, nur einmal, dann werde ich sofort nach Hause gehen und diese ganze Drogengeschichte vergessen, aber es wäre doch interessant zu wissen, was es damit auf sich hat. Natürlich braucht niemand zu erfahren, dass ich es einmal probiert habe, und ich glaube, ich besorge mir am besten einen dieser kleinen Metallkästen und schließe dich ein. Ich kann nicht riskieren, dass irgendjemand dich liest, vor allem jetzt nicht! Überhaupt, ich glaube, ich nehme dich besser mit in die Bibliothek, wo ich einiges über Drogen nachschlagen will. Zum Glück gibt es den Katalog, ich würde nicht wagen irgendjemanden zu fragen. Und wenn ich jetzt gehe, wo die Bibliothek gerade geöffnet wird, dann habe ich sie vielleicht ganz für mich allein.

14. Juli

Auf dem Weg zur Bibliothek traf ich Bill. Er geht heute Abend mit mir aus. Ich kann kaum abwarten, was geschieht. Ich erkunde eine völlig neue Welt und du kannst dir die großen neuen Tore nicht einmal vorstellen, die sich vor mir auftun. Ich komme mir vor wie Alice im Wunderland. Vielleicht hat auch Lewis Carroll Drogen genommen.

20. Juli

Liebes Tagebuch, mein enger, warmer, intimer Freund, was habe ich für eine fantastische, unglaubliche, befruchtende, erregende Woche erlebt. Es war wie, uff – das Größte, was je geschah. Ich habe dir doch gesagt, dass ich eine Verabredung mit Bill hatte? Nun, durch ihn habe ich am Freitag Torpedos* und am Sonntag Speed* kennen gelernt. Beide sind, als ritte man auf Sternschnuppen durch die Milchstraße, nur Millionen, Trillionen Mal besser. Vor Speed hatte ich zuerst ein bisschen Angst, weil Bill es mir direkt in den Arm spritzen musste. Ich erinnerte mich daran, wie sehr ich im Krankenhaus Spritzen hasste, aber das ist anders, jetzt kann ich es nicht abwarten, ich kann es wirklich nicht abwarten, es noch einmal zu versuchen. Kein Wunder, dass es Speed heißt, also Tempo, Geschwindigkeit. Ich konnte mich kaum beherrschen, ich hätte es tatsächlich nicht gekonnt, wenn ich es gewollt hätte, und ich wollte es auch nicht. Ich habe getanzt, wie es selbst in meinen Träumen für dieses introvertierte, mausige kleine Ich nie möglich war. Ich fühlte mich großartig, frei, ein anderes, verbessertes, vervollkommnetes Individuum einer anderen, verbesserten, vervollkommneten Art. Es war wild! Es war schön! Wirklich.

---

* Amphetamine, Weck- und Aufputschmittel

23. Juli

Liebes Tagebuch,
Großvater hatte gestern Abend einen kleinen Herzanfall, zum Glück geschah es gerade, als ich weggehen wollte, und es war nicht wirklich ernst. Die arme Großmutter ist ziemlich durcheinander, doch äußerlich bleibt sie auf jeden Fall ruhig. Seit ich hier bin, haben sie kein bisschen an mir herumgenörgelt und sie waren so erfreut, dass ich mich amüsiere und viele Freunde getroffen habe, dass sie mich ganz in Ruhe ließen. Die gutherzigen spießigen Seelen. Wenn sie nur wirklich wüssten, was geschehen ist! Ihre Augenbrauen würden vor Schreck bis auf die Mitte ihrer Köpfe hochrutschen. Großvaters Anfall bedeutet nur, dass er ein paar Wochen lang bettlägerig sein wird, aber ich muss Acht geben, dass ich keinen zusätzlichen Ärger mache, damit sie mich nicht nach Hause schicken. Vielleicht sollte ich mehr im Haushalt helfen, damit sie glauben, sie brauchen mich.
Ich hoffe, Großvater passiert nichts. Ich liebe ihn so sehr. Ich weiß, dass eines Tages sowohl er wie Großmutter sterben müssen, aber ich hoffe, das geschieht noch lange, lange nicht. Es ist merkwürdig, aber bis jetzt habe ich noch nie viel über das Sterben nachgedacht. Eines Tages werde sogar ich sterben müssen. Ich frage mich, ob es wirklich ein Leben nach dem Tode gibt. Oh, ich hoffe, das stimmt. Aber das beunruhigt mich eigentlich nicht. Ich weiß, dass unsere Seelen zu Gott zurückkehren werden, aber wenn ich an unsere Körper denke, die

in der dunklen kalten Erde begraben und von Würmern zerfressen werden und verfaulen, dann kann ich den Gedanken kaum ertragen. Ich glaube, ich will lieber eingeäschert werden, ja, wirklich! Unbedingt! Sobald ich nach Hause komme, werde ich Mutter und Vater und die Kleinen bitten mich einäschern zu lassen, wenn ich sterbe. Sie werden es tun, sie sind eine liebe und prächtige und gute Familie und ich liebe sie und bin froh, dass ich sie habe. Ich darf nicht vergessen ihnen noch heute zu schreiben. Ich bin ziemlich schreibfaul gewesen und ich muss, ich muss mich da einfach ändern. Und ich glaube, ich werde ihnen schreiben, dass ich nach Hause kommen will, jetzt! Jetzt sofort! Ich will fort von Bill und Jill und all den anderen. Ich weiß nicht, warum ich keine Drogen nehmen sollte, denn sie sind wild und herrlich und wunderbar, aber ich weiß, ich sollte es nicht und ich werde es nicht! Ich werde es nie mehr tun! Ich verspreche hiermit feierlich, von heute an so zu leben, dass jeder, den ich kenne, stolz auf mich sein kann und dass ich selbst stolz auf mich sein kann!

25. Juli

Großvater geht es besser. Ich habe allein gekocht und geputzt und alles, damit Großmutter die ganze Zeit bei ihm bleiben konnte. Sie sind mir dankbar dafür und ich bin ihnen dankbar.

18.30 Uhr
Jill hat angerufen und mich zu einer Party eingeladen, doch ich habe ihr gesagt, dass ich bei meinen Großeltern bleiben muss, bis es besser steht. Ich bin froh, dass ich eine Entschuldigung hatte.

28. Juli

Seit Großvater seinen Anfall hatte, haben Mutter und Vater täglich angerufen. Sie fragten mich, ob ich nach Hause kommen wollte, und ich möchte wirklich, aber ich glaube, ich sollte mindestens noch bis nächste Woche hier bleiben und helfen.

2. August

Ich langweile mich bis über beide Ohren, aber zumindest gebe ich Großmutter moralische Unterstützung und nach allem, was sie mein Leben lang für mich getan hat, kann ich wenigstens das tun. Bill hat wieder angerufen und wollte mit mir ausgehen und Großmutter besteht darauf, dass ich unter Leute gehe. Also werde ich mich mit ihm treffen, aber wenn er auf einen Trip gehen will, spiele ich nur den Babysitter.

3. August

Bill hatte gestern Abend sechs Leute zu sich nach Hause eingeladen. Seine Eltern waren in die Stadt gegangen und kamen vor eins oder zwei nicht zurück. Alle wollten auf einen LSD-Trip gehen und nachdem ich so lange eingepfercht gewesen war, fand ich, dass ich geradeso gut einen letzten Trip machen könne. Ich werde bestimmt nichts von dem Zeug nehmen, wenn ich wieder zu Hause bin. Es war Klasse, noch großartiger als zuvor. Ich verstehe nicht, wie jeder Trip besser sein kann als der vorhergegangene, aber es ist so. Ich saß stundenlang da und untersuchte das Exotische und Ungeheuerliche meiner rechten Hand. Ich konnte die Muskeln und die Zellen und die Poren sehen. Jedes Blutgefäß hatte seine eigene Faszination und mein Geist ist immer noch erregt von all dem Wunder.

6. August

Also, gestern Abend ist es passiert. Ich bin keine Jungfrau mehr! Einesteils tut es mir Leid, denn ich wollte immer, dass Roger der erste und einzige Junge in meinem Leben ist, aber er ist fort in Ferien, ich habe ihn noch gar nicht gesehen, seit ich hier bin. Und überhaupt könnte er sich zu einem einfältigen, dummen, schwafelnden Idioten entwickelt haben.
Ob Sex ohne LSD so aufregend, so wundervoll, so unbeschreiblich sein kann? Ich dachte immer, es dauere nur ein paar Minuten oder es sei wie das Paaren von Hunden, aber so war es überhaupt nicht. Eigentlich habe ich gestern Abend sehr lange gebraucht, bis ich auf den Trip kam. Ich saß einfach in der Ecke und kam mir überflüssig und irgendwie feindselig vor, dann geschah es ganz plötzlich und ich wollte wild tanzen und jemanden lieben. Ich hatte überhaupt nicht gewusst, dass ich solche Ge-

fühle für Bill hatte. Ich hatte ihn als netten, ruhigen Menschen betrachtet, der sich um mich kümmerte, wenn ich Hilfe brauchte, doch plötzlich hatte ich nicht die geringsten Hemmungen ihn zu verführen – es gehörte nicht viel dazu. Tatsächlich kommt es mir immer noch nicht ganz wirklich vor. Ich habe immer gedacht, wenn ich das erste Mal mit jemand schlafe, würde es etwas Besonderes sein, vielleicht sogar schmerzhaft, aber es war einfach ein Teil des leuchtenden, launischen, ungewöhnlichen, immer währenden Musters. Ich kann immer noch nicht ganz das eine vom anderen trennen.

Ich frage mich, ob alle dort miteinander geschlafen haben – aber nein, das ist einfach zu schrecklich animalisch und unanständig. Wie schockiert wäre wohl Roger, wenn er es wüsste, und meine Eltern und Tim und Alexa und Großvater und Großmutter? Ich glaube, sie wären zu Tode erschrocken, aber nicht mehr als ich!

Vielleicht liebe ich Bill sogar wirklich, aber im Moment kann ich mich kaum daran erinnern, wie er aussieht. Oh, ich bin so fürchterlich, widerlich durcheinander und – was, wenn ich schwanger wäre? Oh, ich wollte, ich könnte mit jemandem, mit irgendjemandem reden, der weiß, was los ist.

Bis jetzt habe ich noch nicht daran gedacht, dass ich ein Kind bekommen könnte. Kann es gleich beim ersten Mal passieren? Wird Bill mich heiraten, wenn es so ist, oder wird er mich einfach für eine leichtfertige kleine Idiotin halten, die es mit jedem macht? Natürlich wird er mich nicht heiraten, er ist erst fünfzehn Jahre alt. Wahrscheinlich muss ich es einfach abtrei-

ben oder so etwas. Auf jeden Fall könnte ich es nicht aushalten, wenn ich von der Schule gehen müsste wie – im vergangenen Jahr. Die anderen haben wochenlang über nichts anderes geredet. Oh, Gott, bitte, bitte, lass mich nicht schwanger sein!
Ich werde Mutter sofort anrufen. Ich werde Großmutter bitten mir ein Flugticket zu besorgen und ich werde morgen heimreisen. Ich hasse diesen verkommenen Ort und ich hasse Bill Thompson und die ganze Clique. Ich weiß nicht, wie ich je an sie geraten bin, aber ich war froh und kam mir so klug vor, als sie mich akzeptierten, und jetzt fühle ich mich so elend und beschämt, als würde das etwas helfen.

7. August

Mutter und Vater meinen, ich sollte erst nächste Woche heimkommen. Ich konnte nicht richtig widersprechen, weil Großmutter mich braucht. Aber vor meiner Abreise werde ich weder ans Telefon gehen noch unser Grundstück verlassen.

Später
Jill hat angerufen, aber ich bat Großmutter ihr zu sagen, dass es mir nicht gut ist. Es war sogar Großmutter ziemlich klar, dass das stimmte. Ich lebe mit Zweifeln und Vorstellungen und Befürchtungen, die ich selbst in meinen Träumen nie für möglich gehalten hätte.

9. August

Die Welt hat wirklich aufgehört sich zu drehen. Mein Leben ist völlig vorbei. Nach dem Abendessen, als Großmutter und ich im Garten saßen, hörten wir Klopfen an der Hintertür und wer von allen Menschen im Kosmos kam da vorbei? Roger und seine Mutter und sein Vater. Sie waren am Nachmittag zurückgekommen und hatten von Großvaters Krankheit gehört und kamen um ihn zu besuchen.
Ich war außer mir. Roger sieht noch besser aus als je zuvor und ich hätte mich am liebsten in seine Arme geworfen und mich bei ihm ausgeweint. Stattdessen schüttelten wir uns die Hände und ich lief und holte allen etwas zu trinken. Später, nachdem wir alle uns eine Zeit lang unterhalten hatten, schickte mich Großmutter ins Haus um Kartoffelchips und anderes Knabberzeug zu holen und Roger folgte mir! Kannst du dir vorstellen, dass Roger mir folgte? Er hat mich sogar um eine Verabredung gebeten! Ich wäre am liebsten auf der Stelle gestorben und später, als wir im Garten waren, erzählte er mir, dass er die nächsten anderthalb Jahre auf die Militärschule gehen werde und dann aufs College. Er sagte sogar, er habe ein wenig Angst und fühle sich verlassen, weil er zum ersten Mal von zu Hause weggehe, und er erzählte mir, dass er Luftfahrtingenieur werden und neue Techniken für Flugreisen entwickeln wolle. Er hat wunderbare Ideen! Es ist fast, als lese man Jules Verne, und er hat so viele Pläne für sein Leben, mit dem Militär und allem.
Dann küsste er mich und es war genauso, wie ich es

seit meiner Kindergartenzeit erträumt hatte. Andere Jungen haben mich geküsst, aber es war überhaupt nicht vergleichbar. Dies hier war Zärtlichkeit und Gernhaben und Begehren und Respekt und Bewunderung und Zuneigung und Güte und Verbundenheit und Sehnsucht. Es war das Wunderbarste, was ich je erlebt habe. Aber jetzt sitze ich hier und mir ist schlecht. Wenn er nun erfährt, was ich getan habe, seit ich hier bin? Wie könnte er mir jemals verzeihen? Wie könnte er jemals verstehen? Würde er es? Wenn ich katholisch wäre, könnte ich vielleicht irgendeine schreckliche Buße tun um meine Sünden zu sühnen. Ich wurde in dem Glauben erzogen, dass Gott die Sünden der Menschen vergibt, aber wie kann ich mir selbst vergeben? Wie könnte Roger mir vergeben? Oh, Entsetzen, Schrecken, endlose Qual.

10. August

Roger hat heute viermal angerufen, aber ich habe mich geweigert mit ihm zu sprechen. Großmutter und Großvater wollen, dass ich noch ein paar Tage bleibe, bis es mir besser geht, aber ich kann nicht. Ich kann einfach Roger nicht gegenübertreten, bevor ich nicht Klarheit in meine Gedanken gebracht habe. Oh, wie bin ich nur in dieses Durcheinander geraten? Man muss sich das vorstellen: Vier Nächte, bevor ich Roger wieder sehe, verliere ich meine Unschuld. Diese schreckliche Ironie! Aber selbst davon abgesehen, würde er die LSD-Trips verstehen? Würde er mich danach noch haben wol-

len? Zuvor hat mir das nichts ausgemacht, aber jetzt macht es mir etwas aus! Und es ist zu spät!
Ich muss mit jemandem reden. Ich muss jemanden finden, der etwas von Drogen versteht, und mit ihm reden. Ob ich mit jemandem an Vaters Universität reden könnte? Oh, nein, nein, sie würden es ihm erzählen und dann wäre ich wirklich im Schlamassel. Vielleicht könnte ich sagen, ich schreibe eine Arbeit über Drogen für ein Biologieprojekt oder so etwas, aber das kann ich erst, wenn die Schule wieder angefangen hat. Ich glaube, ich nehme besser ein paar von Großvaters Schlaftabletten, ohne die werde ich nie mehr schlafen können. Ich glaube, ich sollte mir davon einen Vorrat anschaffen. Er hat genug und ich weiß, dass ich einige schlimme Nächte zu Hause haben werde, bevor alles wieder in Ordnung kommt. Oh, ich hoffe, es werden nur einige sein.

13. August

Ich muss mich sehr anstrengen nicht zu weinen. Mutter und Vater haben gerade angerufen und gesagt, wie stolz sie sind, dass ich ihre Tochter bin. Es gibt keine Worte, die ausdrücken können, was ich empfinde.

14. August

Großmutter brachte mich zum Flugzeug. Sie glaubt, Roger und ich hätten einen Streit gehabt. Sie sagte mir immer wieder, dass alles in Ordnung komme und dass es das Schicksal einer Frau sei zu leiden und ge-

duldig und tolerant und verständnisvoll zu sein. Oh, wenn sie nur wüsste. Mutter und Vater und Tim und Alexa holten mich ab und alle sagten, wie blass und schlecht ich aussehe, sie waren so unendlich sanft und liebevoll. Es ist gut wieder daheim zu sein.
Ich muss alles vergessen. Ich muss bereuen und mir vergeben und neu anfangen; immerhin bin ich gerade erst fünfzehn geworden und ich kann das Leben nicht anhalten und aussteigen. Außerdem will ich nicht sterben, seit ich über Großvaters möglichen Tod nachgedacht habe. Ich fürchte mich. Ist das nicht gespenstisch und ironisch? Ich fürchte mich vorm Leben und vorm Sterben, genau wie in dem alten Negerspiritual. Was sie wohl für Probleme hatten?

16. August

Mutter zwingt mich zum Essen. Sie kocht alle meine Lieblingsgerichte, aber sie schmecken trotzdem nicht besonders. Roger hat mir einen langen Brief geschrieben und gefragt, ob es mir gut geht, aber ich habe einfach weder die Energie noch die Kraft noch den Wunsch ihm zu antworten. Alle machen sich große Sorgen um mich. Ich weiß immer noch nicht, ob ich ein Kind bekomme, und ich werde es erst in zehn oder zwölf Tagen wissen. Oh, ich bete darum, dass es nicht so ist. Ich frage mich ständig, wie ich mich so idiotisch verhalten konnte, und es gibt nur eine Antwort: Ich bin ein Idiot! Ein dummer, ungeschickter, törichter, blöder, unwissender Idiot!

17. August

Ich habe die letzten Schlaftabletten von Großvater verbraucht und ich bin ein Wrack. Ich kann nicht schlafen und ich bin völlig durchgedreht und Mutter besteht darauf, dass ich zu Dr. Langley gehe. Vielleicht hilft das. Ich tue alles.

18. August

Heute Morgen bin ich zu Dr. Langley gegangen und ich habe wegen meiner Schlaflosigkeit ziemlich dick aufgetragen. Er hat mir viele Fragen gestellt, warum ich nicht schlafen kann, aber ich habe immer nur wiederholt, ich weiß es nicht, weiß es nicht, weiß es nicht. Schließlich hat er nachgegeben und mir Tabletten verschrieben. In Wirklichkeit brauche ich nicht so sehr Schlaf, ich brauche die Flucht. Es ist eine wunderbare Möglichkeit zu fliehen. Ich denke, dass ich es nicht aushalten kann, und dann nehme ich einfach eine Tablette und warte auf das süße Nichts. In diesem Stadium meines Lebens ist das Nichts sehr viel besser als das Etwas.

20. August

Ich glaube, die Schlaftabletten von Dr. Langley sind nicht so stark wie die von Großvater, denn ich muss zwei davon nehmen und manchmal sogar drei. Vielleicht kommt das von meiner Nervosität. Auf jeden Fall weiß ich nicht, wie lange ich das noch aushalte; wenn nicht bald etwas geschieht, fürchte ich, dass ich den Verstand verliere.

22. August

Ich habe Mutter dazu gebracht, Dr. Langley anzurufen, und ich werde ihn um Beruhigungstabletten bitten. Ich kann überhaupt nicht schlafen und ich kann auf keinen Fall so weitermachen, also hoffe ich, dass er sie mir gibt. Er muss!

23. August

Beruhigungstabletten sind das Größte. Heute Nachmittag nahm ich eine, gerade bevor der Briefträger mit einem neuen Brief von Roger kam. Statt ganz aufgeregt zu werden setzte ich mich hin und schrieb ihm alles, was wirklich wichtig ist, natürlich nichts über meine LSD-Trips oder Speed, und selbstverständlich nichts über Bill und meinen möglichen Zustand, sondern einfach über die wichtigen Dinge, die uns beide betreffen. Ich habe sogar angefangen zu überlegen, ob ich nicht Roger nur einmal so anturnen könnte, dass er versteht. Könnte ich das? Könnte ich ihn dazu bringen, den ersten Trip unwissentlich zu machen, so wie ich? Oh, ich wollte, ich würde es wagen! Es kommt mir vor, als wäre ich so lange unterdrückt worden, vielleicht kommt das von den Schlaftabletten und den Beruhigungspillen, aber es gibt Augenblicke, in denen ich wirklich einfach ausbrechen möchte, doch ich glaube, das ist für immer vorbei! Ich bin wirklich durcheinander! Ich wollte, ich hätte jemanden, mit dem ich reden könnte!

26. August

Was für ein wunderbarer, schöner, glücklicher Tag! Meine Periode ist gekommen! Noch nie in meinem Leben habe ich mich über etwas so gefreut. Jetzt kann ich meine Schlaf- und Beruhigungstabletten wegwerfen, ich kann wieder ich sein. Oh, wau!

6. September

Beth ist vom Lager zurückgekommen, aber sie ist kaum mehr der gleiche Mensch, sie hat irgendeinen jüdischen Knaben getroffen, mit dem sie jetzt geht. Sie sind ständig beisammen, bei Tag und bei Nacht. Vielleicht bin ich ein bisschen eifersüchtig, weil Roger so weit weg ist und die Schule wieder angefangen hat und Alexa und ihre lärmenden kleinen Freundinnen mich verrückt machen und Mutter wieder an mir herumnörgelt.
Heute bin ich in diese großartige kleine Boutique gegangen und habe ein Paar süße Mokassins gefunden und eine Weste mit Fransen und eine großartige Hose. Chris, das Mädchen, das dort arbeitet, hat mir gezeigt, wie ich mein Haar bügeln muss (ich habe es heute Abend getan), und jetzt ist es ganz glatt. Das ist das Größte! Das Größte, nur konnte Mutter es nicht leiden. Ich ging hinunter und zeigte es ihr und sie sagte, ich sehe aus wie ein Hippie, und sie und Vater und ich müssten uns an irgendeinem Abend mal un-

terhalten. Ich könnte ihnen ein paar Dinge erzählen, denn ich stelle mir vor, dass Sex ohne Drogen überhaupt nicht mit dem irren, immer währenden Wunder zu vergleichen ist, das man erlebt, wenn man wirklich ganz weg ist. Auf jeden Fall scheine ich immer weniger richtig zu machen. Was ich auch tue, es missfällt dem Establishment.

7. September

Gestern Abend kam das bittere Ende. Mutter und Vater zogen alle Register, wie sehr sie mich lieben und wie sehr sie sich über meine Haltung seit meiner Rückkehr von den Großeltern Sorgen machen. Sie hassen meine Haare, sie wollen, dass ich mir einen Pferdeschwanz mache wie die kleinen Kinder, und sie redeten und redeten und redeten, aber nicht einmal hörten sie auch nur einen Satz, den ich zu sagen versuchte. Zu Anfang, als sie von ihrer tiefen Sorge sprachen, hatte ich den überwältigenden Wunsch ihnen alles zu sagen. Ich wollte es ihnen sagen! Mehr als alles in der Welt wollte ich, dass sie verstehen, aber natürlich redeten und redeten sie immer weiter, weil sie unfähig sind wirklich etwas zu verstehen. Wenn Eltern nur zuhören würden! Wenn sie uns nur reden ließen, statt immer und ewig und ständig zu mahnen und zu predigen und zu schimpfen und zu korrigieren und zu meckern, meckern, meckern! Aber sie hören nicht zu. Sie wollen oder können einfach nicht zuhören und wir Kinder enden in immer der gleichen alten frustrierenden, verlassenen, einsamen Ecke und haben keinen, mit dem wir verbal oder physisch eine Beziehung unterhalten können. Aber ich habe Glück, ich habe Roger, wenn ich ihn wirklich habe.

9. September

Noch ein Schlag! Roger geht unbedingt in diese Militärschule und vor Weihnachten wird er nicht nach Hause kommen – vielleicht nicht einmal dann. Sein Vater war dort und sein Großvater auch, also nehme ich an, er ist fast verpflichtet hinzugehen, aber ich brauche ihn hier, nicht in dieser idiotischen Schule, in der er ein ganzes Jahr lang herummarschiert. Jetzt werden wir einen ganzen Kontinent entfernt voneinander sein. Ich habe ihm einen zehn Seiten langen Brief geschrieben und ihm versichert, dass ich auf ihn warten werde, auch wenn er in seinem letzten Brief meinte, er erwarte, dass ich ausgehe und mich amüsiere. Aber wie kann ich mich in diesem Loch amüsieren???

10. September

Ich war so deprimiert wegen Roger, dass ich in die Boutique ging, in der Chris arbeitet, und mir dort die Kleider betrachtete. Es war kurz vor ihrer Kaffeepause, also tranken wir nebenan eine Cola und ich erzählte ihr, wie fertig ich war wegen Roger. Sie verstand sofort. Es war großartig wieder jemanden zu haben, mit dem ich reden konnte. Als wir in den Laden zurückkamen, gab sie mir ein kleines rotes Ding, das aussah wie ein Bonbon, und sagte, ich solle nach

Hause gehen, es nehmen und Musik hören. Sie sagte: »Dieses Herz wird dich aufmuntern, wie dich die Beruhigungspillen schlapp machen«, und sie hatte Recht! Ich habe zu viele Schlaf- und Beruhigungsmittel genommen. Ich weiß nicht, warum dieser blöde Doktor mir nicht etwas gegeben hat, womit ich mich besser fühle statt schlechter. Ich habe mich den ganzen Nachmittag großartig gefühlt, als würde ich endlich wieder leben. Ich habe meine Haare gewaschen und mein Zimmer aufgeräumt und gebügelt und all die Dinge getan, zu denen mich Mutter seit Tagen antreibt. Das einzige Problem ist, dass es jetzt Nacht ist und ich die Energie nicht abschalten kann. Ich würde aufbleiben und Roger schreiben, aber ich habe ihm erst gestern einen Riesenbrief geschrieben und er würde mich für leicht verrückt halten. Ich fürchte, ich muss eine meiner guten Schlaftabletten opfern um zur Ruhe zu kommen. So ist das Leben. Bis bald.

12. September

Vater und Mutter nörgeln ständig über mein Aussehen. Sie sagen dauernd, sie wissen, dass ich ein gutes, nettes Mädchen bin, aber ich fange an mich zu benehmen wie ein Hippie, und sie fürchten, dass sich die falschen Leute für mich interessieren. Es läuft darauf hinaus, dass sie so ultra-konservativ sind, dass sie nicht einmal wissen, was geschieht. Chris und ich reden viel über unsere Eltern und das Establishment. Ihr Vater ist leitender Angestellter in einem Lebensmittelkonzern und sie hat mir anvertraut, dass er

»häufig in Begleitung anderer Frauen« verreist. Und ihre Mutter ist in so vielen Clubs und eine so engagierte Staatsbürgerin, dass die ganze Stadt wahrscheinlich flach auf den Bauch fiele, wenn sie sich einen Abend Zeit nähme ihrer Tochter zuzuhören. »Mutter ist in dieser Stadt die ›Säule der Gesellschaft‹«, hat Chris mir gesagt. »Sie unterstützt jeden und alles außer mir und, mein lieber Mann, mich hat sie vielleicht im Stich gelassen!« Chris muss nicht arbeiten, aber sie kann es daheim einfach nicht aushalten. Ich habe ihr erzählt, dass es mir so langsam ähnlich geht, und sie will versuchen mir in ihrer Boutique einen Job zu besorgen, ist das nicht das Größte?

13. September

Uff! Das ist wirklich Leben! Ich habe einen Job. Chris hat gestern Abend ihren Chef gefragt und er hat Ja gesagt. Ist das nicht das Größte?! Ich werde mit Chris donnerstagabends und freitagabends und samstags den ganzen Tag arbeiten und ich werde alles kaufen können, was mein nicht konformistisches kleines Herz sich wünscht. Chris ist ein Jahr älter als ich und in der Schule ein Jahr weiter, aber sie ist wirklich ein großartiges Mädchen, ich mag sie sehr und habe eine bessere Beziehung zu ihr, als ich je zu jemandem hatte einschließlich Beth. Ich glaube, sie weiß einiges über Drogen, weil sie mir ein paar Mal diese Herzen gegeben hat, wenn mir wirklich elend zu Mute war. Eines Tages, bald, werde ich mit ihr über diese Dinge reden müssen.

21. September

Tagebuch, mein lieber Freund, es tut mir Leid, dass ich dich vernachlässigt habe, aber mit meinem Job und dem Schulanfang und allem hatte ich wirklich eine Menge zu tun, und du bist immer noch mein liebster Freund und engster Vertrauter, auch wenn ich mit Chris wirklich auf einer Wellenlänge liege. Wir werden nie müde und sie und ich gehören zu den populärsten Mädchen in der Schule. Ich weiß, dass ich prima aussehe, ich wiege immer noch 103 Pfund, und immer wenn ich hungrig oder müde werde, schlucke ich einfach ein Benny. Wir haben übergenug Energie und Vitalität, und Kleider wie sonst wer. Mein Haar ist das Größte. Ich wasche es mit Mayonnaise und es ist glänzend und weich genug um jeden zu berauschen.
Ich habe immer noch keinen Jungen kennen gelernt, der mir wirklich gefällt, aber das ist wahrscheinlich in Ordnung, weil ich auf Roger warte.

23. September

Tagebuch, meine Eltern machen mich absolut und völlig verrückt. Ich muss Dexies nehmen, um in der Schule und bei der Arbeit, bei Verabredungen und bei den Hausaufgaben ganz da zu sein, und dann muss ich Beruhigungsmittel nehmen, damit ich es daheim aushalte. Vater glaubt, ich ruiniere seinen Ruf als Dekan. Er hat mich gestern beim Abendessen sogar angebrüllt, weil ich »Mann« gesagt habe. Er hat seine Worte um zu unterstreichen, was er meint,

und das ist in Ordnung, aber ich brauche nur »Mann« zu sagen und man könnte meinen, ich hätte das größte Verbrechen begangen.
Chris und ich gingen am liebsten auf und davon. Sie hat eine Freundin in San Francisco, die uns helfen könnte einen Job zu finden, und da wir beide Erfahrungen in der Boutiquearbeit haben, sollte das nicht zu schwierig sein. Außerdem sind ihre Eltern fast so weit sich scheiden zu lassen. Wenn sie zusammen sind, streiten sie sich bloß, und Chris hat die Nase voll. Wenigstens das bleibt mir erspart.
Außerdem schreibt Roger, er habe zu viel zu tun um lange Briefe zu schreiben, und das ist eine unwahrscheinliche Geschichte. Wie Chris sagt: »Ein Mann bekommt rasch kaltes Blut, wenn niemand da ist, der es wärmt.«

26. September

Gestern Abend war der Abend, Freund! Ich habe endlich Hasch geraucht und es war noch großartiger, als ich erwartet hatte! Gestern Abend nach der Arbeit traf ich durch Chris einen ihrer Freunde, der aufs College geht. Er wusste, dass ich LSD und so weiter genommen habe, aber er wollte mir helfen auf Hasch umzusteigen.
Er sagte mir, ich solle nicht das gleiche Gefühl wie von Alkohol erwarten, und ich sagte ihm, dass ich nie mehr getrunken habe als Sekt bei Geburtstagsfesten und die Reste von Cocktailpartys. Darüber mussten wir alle lachen und Ted, der Junge, mit dem Chris zusammen war, sagte, dass viele junge Leute nie Al-

kohol probieren, und zwar nicht nur, weil das der Stoff ihrer Eltern ist, sondern weil man ihn viel schwieriger bekommt als Hasch. Ted sagte, als er anfing zu experimentieren, stellte er fest, dass er seinen Eltern unbemerkt eine Menge Geld stehlen konnte, aber wenn er auch nur einen Schluck aus ihren Schnapsflaschen nahm, dann war es, als hätten sie das Zeug auf den Millimeter genau abgemessen.

Dann zeigte mir Richie, wie man raucht. Und ich hatte bisher noch nicht mal eine Zigarette gepafft! Er gab mir eine kleine Orientierungslektion, zum Beispiel sollte ich auf kleine Dinge horchen, die ich normalerweise nicht hören würde, und einfach entspannen. Zuerst nahm ich einen zu tiefen Zug und wäre fast erstickt, dann erklärte mir Richie, dass ich mit offenem Mund inhalieren solle, um so viel Luft wie möglich dazuzumischen. Aber das funktionierte auch nicht so gut und nach einiger Zeit gab Ted es auf und brachte eine Wasserpfeife zum Vorschein. Am Anfang erschien mir das lustig und exotisch, aber ich bekam überhaupt keinen Rauch und kam mir betrogen vor, weil die drei anderen offensichtlich stoned wurden. Doch endlich klappte es, gerade als ich dachte, es würde nie etwas daraus, und ich fing wirklich an mich so glücklich und frei zu fühlen wie ein bunter Kanarienvogel, der durch den weiten, endlosen Himmel zwitschert. Und ich war so entspannt! Ich glaube, noch nie in meinem ganzen Leben bin ich so entspannt gewesen. Es war wirklich herrlich. Später brachte Rich einen Schafwollteppich aus seinem Zimmer und wir fingen an durch seine dichten Haare zu gehen und in meinen Füßen war

ein völlig unbeschreibliches Gefühl, eine Weichheit, die meinen ganzen Körper umhüllte, und ganz plötzlich konnte ich das seltsame, fast stille Geräusch der langen, seidigen Haare hören, die sich aneinander und an meinen Füßen rieben. Es war ein Geräusch, wie ich es noch nie gehört hatte, und ich weiß noch, dass ich mich verzweifelt bemühte einen Vortrag darüber zu halten, dass jedes einzelne Haar einen perfekten eigenen Klang hat. Aber natürlich konnte ich das nicht; es war zu perfekt.
Dann nahm ich mir eine gesalzene Erdnuss und bemerkte, dass nie zuvor etwas so salzig geschmeckt hatte. Ich kam mir vor, als wäre ich wieder ein Kind und versuchte im Großen Salzsee zu schwimmen. Nur war die Erdnuss noch salziger! Meine Leber und meine Milz und mein Darm wurden von Salz zerfressen. Ich sehnte mich danach, einen frischen Pfirsich oder eine Erdbeere zu schmecken und zugleich von ihrem Aroma, ihrer Süße und Köstlichkeit verzehrt zu werden. Es war großartig und ich begann völlig verrückt zu lachen. Ich war entzückt davon, so anders zu sein. Jeder im ganzen Universum war toll außer mir. Ich war das einzige vernünftige und vollkommene Wesen. Irgendwo in meinem Gehirn erinnerte ich mich daran, gelesen zu haben, dass tausend Menschenjahre ein Tag vor Gott sind, und ich hatte die Antwort gefunden. Ich lebte selbst jetzt in meiner neuen Zeitspanne die Leben von tausend Menschen innerhalb von Stunden. Später waren wir alle sehr durstig und gierig auf etwas Süßes. Also gingen wir in den Eissalon und lachten über die unglaublich hohen Randsteine und den undenkbar ei-

genartig geformten Mond, der Gestalt und Farbe ständig wechselte. Ich weiß nicht, ob wir wirklich so high waren, wie wir sagten, aber es machte Spaß. Und im Eissalon lachten und scherzten wir, als gehörten uns allein die ganze Welt und ihre Geheimnisse. Als Richie mich etwa um Mitternacht nach Hause brachte, waren meine Eltern (sie waren beide noch auf) sehr angetan von dem netten, adretten, höflichen jungen Mann, mit dem ich ausgegangen war. Sie haben noch nicht einmal über die späte Stunde geschimpft. Wer hätte das gedacht!
P. S.: Richie hat mir ein paar Joints gegeben, die ich rauchen kann, wenn ich allein bin und im Himmel sein will. Ist das nicht nett, nett, nett!

5. Oktober

Chris und ich haben vor unsere Jobs aufzugeben, weil wir kaum noch Zeit für das haben, was wir tun wollen.

Ich bin sehr verliebt in Richie und Chris ist verliebt in Ted und wir wollen so viel Zeit wie möglich mit ihnen verbringen. Das Blöde ist, dass niemand von uns genug Geld zu haben scheint, darum mussten Chris und ich ein bisschen mit Pot handeln. Natürlich verkaufen wir es nur an Leute, die gewohnheitsmäßig rauchen und es einfach von jemand anderem kaufen würden, wenn sie es von uns nicht bekämen.

Ted und Richie gehen aufs College und sie müssen sehr viel mehr arbeiten als wir in der Oberschule, darum haben sie keine Zeit zum Dealen. Und außerdem werden Jungen viel leichter geschnappt als

Mädchen. Zuerst ist es mir ziemlich schwer gefallen, gegenüber dem Establishment gelassen zu bleiben, aber da ich jetzt voll und ganz Richies Mädchen bin, muss ich tun, was ich kann, um ihm zu helfen.

8. Oktober

Ich habe Rich davon überzeugt, dass es einfacher wäre, mit LSD zu handeln als mit Pot. Wenigstens können wir es auf Briefmarken oder Kaugummi oder Drops tun und herumtragen, ohne dass die Polizei hinter uns her ist oder irgendein Idiot herausbekommt, was wir da treiben.
Richie ist so gut, gut, gut zu mir und Sex mit ihm ist wie Blitz und Regenbogen und Frühling. Mit Drogen spiele ich wohl nur herum, aber was diesen Jungen angeht, so bin ich süchtig. Wir würden einfach alles füreinander tun. Er will Mediziner werden und ich muss ihm helfen, wo ich nur kann. Es wird ein langer, schwerer Weg sein, aber er wird es schaffen. Man muss sich das vorstellen – er hat noch acht bis zehn Jahre Ausbildung vor sich – und er ist bereits im dritten Semester! Mutter und Vater meinen, er geht noch in die Oberschule. Ich glaube, ich werde nicht studieren. Vater wird deshalb der Schlag treffen, aber es ist für mich wichtiger zu arbeiten und Rich zu helfen. Sobald ich aus der Schule bin, werde ich einen Ganztagsjob annehmen und wir werden uns zusammentun. Er hat bisher nur Einser, aber er sagt, im Moment rutscht er etwas ab.
Ich liebe diesen Mann wirklich. Wirklich und wahrhaftig. Ich kann es nicht abwarten, bei ihm zu sein.

Er neckt mich und sagt, ich sei sexverrückt, weil ich ihn plage einmal ohne Hasch mit mir zu schlafen. Er hat es mir versprochen. Es wird fast wie eine neue Erfahrung sein. Ich kann es kaum erwarten.

(?)

Richie und ich gehen nie irgendwohin. Es ist fast ein Ritual, dass er mich abholt, ein paar Minuten mit meinen Eltern spricht und dann mit mir in das Apartment geht, das er mit Ted bewohnt. Ich wollte wirklich, wir könnten jeden Abend miteinander stoned werden, aber er lässt mich nur kommen, wenn er meinen LSD-Vorrat auffüllt und mir genug Hasch und Barbiturate gibt bis zu unserem nächsten Wiedersehen. Ich weiß, dass er sehr viel lernt, also versuche ich mich mit dem zu begnügen, was er mir von seiner Zeit geben kann, und das scheint immer weniger zu werden. Vielleicht bin ich sexverrückt, zumindest scheine ich daran sehr viel mehr interessiert zu sein als er. Aber das kommt nur daher, dass er sich so viel Sorgen um mich macht. Ich wollte, er ließe mich die Pille nehmen, und ich wollte, er müsste nicht so hart arbeiten und lernen. Ach, was soll's, was ich habe, ist so großartig, dass ich gar nicht verstehe, wie ich mir noch mehr wünschen könnte.

17. Oktober

Heute bin ich wieder in die Grundschule gegangen. Es macht mir nichts aus das Zeug in der Oberschule zu verkaufen, denn manchmal ist es schwer zu kriegen, und für gewöhnlich kommen die Leute her und bitten mich darum. Chris und ich bekommen es von Richie. Er kann beschaffen, was immer sie wollen, Barbiturate oder Pot oder Amphetamine oder LSD oder DMT oder Schmerzmittel oder sonst was. Die Leute in der Oberschule sind eine Sache, aber heute habe ich zehn LSD-Trips an ein kleines Kind in der Grundschule verkauft, das sicher noch nicht mal neun Jahre alt ist. Ich weiß, dass auch er es wieder weiterverkaufen muss, aber diese Kinder sind einfach zu jung! Der Gedanke an Neun- und Zehnjährige, die sich kaputtmachen, ist so widerlich, dass ich nicht mehr hingehen werde! Ich weiß, wenn sie es wollen, werden sie es irgendwo bekommen, aber nicht von mir! Seit ich von der Schule nach Hause kam, liege ich hier auf meinem Bett und denke darüber nach, und ich habe beschlossen, dass Richie herüberkommen und mit Vater über ein Stipendium reden muss, bei seinen Noten und seinem Hintergrund kann man sicher etwas machen. Sicher.

18. Oktober

Wenn es Medaillen und Preise für Dummheit und Einfältigkeit gäbe, bekäme ich bestimmt den Esel-Pokal. Chris und ich gingen in die Wohnung von Richie und Ted und da waren die beiden stoned und liebten einander. Kein Wunder, dass der miese Richie so wenig mit mir zu tun haben wollte! Und ich gehe mit Drogen hausieren für einen fiesen Homo, dessen Vater vermutlich überhaupt nicht krank ist. Ich frage mich, wie viele andere dumme Gänse er für sich arbeiten lässt? Oh, ich schäme mich so! Ich kann gar nicht glauben, dass ich an Elfjährige und Zwölfjährige und sogar an Neunjährige und Zehnjährige verkauft habe. Welch eine Schande für mich und meine Familie und alle. Ich bin so schlecht wie dieser verfluchte Richie.

19. Oktober

Chris und ich haben den ganzen Tag im Park gesessen und uns die Dinge überlegt. Sie nimmt Drogen seit über einem Jahr und ich genau seit dem 10. Juli. Wir kamen zu dem Schluss, dass wir uns hier unmöglich ändern können, deshalb verschwinden wir und gehen nach San Francisco. Und ich muss ganz einfach Richie bei der Polizei anzeigen. Ich bin nicht gehässig oder rachsüchtig oder eifersüchtig, wirklich nicht. Aber ich muss etwas tun, um all diese Grund- und Hauptschulkinder zu schützen.
Dieser ganze Quatsch, den Rich mir erzählt hat, »irgendwo kriegen sie es auf jeden Fall« und all das, das ist einfach ein Haufen Scheiße. Er interessiert sich in der ganzen Welt für niemand als sich selbst und die einzige Wiedergutmachung für das, was ich getan habe, ist ihn daran zu hindern, noch mehr Kinder zu verführen. Das ist mit das Schlimmste an dieser Drogensache. Praktisch jeder, der das Zeug nimmt, verkauft es auch und das ist ein riesiger Teufelskreis, der immer größer wird, ich frage mich, wie das jemals enden soll. Wirklich! Ich wollte, ich hätte nie damit angefangen. Und jetzt haben Chris und ich einander geschworen, dass wir sauber bleiben werden. Wirklich

und wahrhaftig! Wir haben unseren heiligen Schwur gegeben. In San Francisco werden wir keine Menschenseele kennen, die etwas nimmt, und es wird leicht sein die Finger davon zu lassen.

(?)

Es ist sehr traurig sich mitten in der Nacht davonzustehlen, aber Chris und ich fanden keinen anderen Ausweg. Der Bus fährt um 4.30 Uhr früh ab und den müssen wir nehmen. Zuerst gehen wir für eine Zeit lang nach Salt Lake City und schlagen dann einen Bogen zurück nach San Francisco. Ich habe wirklich Angst vor dem, was Richie mir antun könnte, wenn er mich schnappte. Er wird ziemlich sicher wissen, wer ihn angezeigt hat, denn ich habe der Polizei in meinem Brief ein paar Plätze angegeben, von denen ich weiß, dass er dort seinen Vorrat versteckt. Ich wollte, man könnte alle Dealer einsperren!
Ade, liebes Heim, ade, liebe Familie. Eigentlich gehe ich vor allem, weil ich euch so sehr liebe und nicht will, dass ihr je erfahrt, was für ein schwacher und schlechter Mensch ich gewesen bin. Und es tut mir Leid, dass ich jetzt die Schule nicht fertig mache, aber ich wage nicht einmal, schriftlich um meine Zeugnisabschriften zu bitten, weil ich weiß, dass ihr und Richie mir dann nachspüren könntet. Ich lasse für euch, geliebte Familie, eine Nachricht zurück, aber ich kann euch nie sagen, wie viel ihr mir bedeutet.

26. Oktober

Wir sind in San Francisco, in einer schmutzig riechenden und erstickenden kleinen Einzimmerwohnung. Nach so vielen elenden Stunden im Bus sind wir beide dreckig, und während Chris nebenan badet, will ich ein paar Zeilen schreiben, bis ich an die Reihe komme. Ich bin sicher, dass unser Geld reicht, bis wir Jobs finden, denn ich habe die einhundertdreißig Dollar behalten, die ich diesem Mistkerl Richie hätte geben müssen, und Chris konnte ihre mehr als vierhundert Dollar abheben, die sie auf der Bank hatte. Dieses eklige kleine Rattenloch hier kostet neunzig Dollar im Monat, aber so haben wir wenigstens Zeit genug Arbeit und eine anständige Unterkunft zu suchen.

Ich mache mir schreckliche Gedanken wegen meiner Eltern, aber wenigstens wissen sie, dass ich mit Chris zusammen bin, und sie halten sie für ein nettes und anständiges Mädchen, das mich nicht vom rechten Weg abbringen wird. Oh, Mann, der rechte Weg war nie weiter weg.

27. Oktober

Chris und ich haben den ganzen Tag nach Jobs gesucht. Wir sind jeder Anzeige in der Zeitung nachgegangen, aber wir sind entweder zu jung oder zu unerfahren oder wir haben keine Zeugnisse oder sie wollen jemand mit Anhang oder sie werden sich melden. Ich bin noch nie in meinem Leben so verdammt erschöpft gewesen. Heute Abend brauchen wir bestimmt keine Schlafmittel, selbst nicht für die klumpige, feuchte, verwahrloste Falle, die in dieser Bruchbude Bett genannt wird.

28. Oktober

Alles hier ist ständig klamm und feucht. Im Wandschrank ist sogar eine Art grüner Schimmel, aber zum Glück werden wir hier nicht lange sein, zumindest hoffe ich, dass wir nicht mehr lange hier sein werden! Aber heute hatten wir bei der Arbeitssuche nicht mehr Glück als gestern. Wir konnten auch die Freundin von Chris nicht ausfindig machen.

29. Oktober

Ich habe einen Job in einem miesen kleinen Wäscheladen angenommen. Ich verdiene nicht viel Geld, aber zumindest wird es für die Lebensmittel etc. reichen. Chris sucht weiter nach einer besseren Arbeit und wenn sie die gefunden hat, werde ich kündigen und mir etwas Anspruchsvolleres suchen. Chris hofft, dass wir vielleicht in einem Jahr unsere eigene Boutique eröffnen können. Wäre das nicht wunderbar? Und vielleicht, wenn wir sehr erfolgreich sind, können wir unsere Familie einladen uns zu besuchen und sich in unserem Erfolg zu sonnen.

31. Oktober

Chris hat noch immer keinen Job. Sie sucht jeden Tag, aber wir haben beide beschlossen, dass sie nicht den ersten Besten nehmen soll. Sie muss in einem erstklassigen Laden arbeiten, wo sie alles lernen kann, was wir für unser eigenes Unternehmen brauchen. Jeden Abend bin ich so müde, dass ich kaum ins Bett finde. Ich hatte keine Ahnung, dass es so anstrengend sein kann, den ganzen Tag auf den Füßen zu stehen und miese, fiese Leute zu bedienen.

1. November

Chris und ich haben heute einen Ausflug nach Chinatown und zum Golden Gate Park gemacht und sind mit einem Bus über die Brücke gefahren. Es ist eine herrliche und aufregende und wunderschöne Stadt, aber ich wollte, ich wäre daheim. Natürlich konnte ich das Chris nicht sagen.

3. November

Chris hat endlich einen Job! Sie arbeitet in dem großartigsten kleinen Laden, den ich je gesehen habe. Nach der Arbeit ging ich hin und kaufte ein Paar Sandalen. Sie kann alles lernen, was man können muss, vom Einkaufen und Dekorieren bis zum Verkauf, weil sie in dem Laden nur zu zweit sind. Shelia ist die Inhaberin und sie ist zweifellos die attraktivste Frau, die ich je gesehen habe. Haut so klar und weiß wie Schnee und Wimpern so lang wie mein Arm, falsche natürlich. Ihr Haar ist ebenholzschwarz und ich weiß, dass sie einszweiundachtzig groß ist. Ich kann nicht verstehen, warum sie kein Mannequin ist oder beim Film oder Fernsehen. Ihr Laden ist in einem sehr exklusiven kleinen Viertel und ihre Preise sind hoch, hoch, hoch, selbst bei dem Rabatt von Chris, aber trotzdem hatte ich einfach das Gefühl verschwenderisch sein zu müssen nach der ganzen Sparerei bisher, die wir weitertreiben müssen.

5. November

Ich bekomme täglich mehr Heimweh statt mich zu entwöhnen. Ich frage mich, wie es Chris zu Mute ist? Ich wage nicht davon zu reden aus Angst, dass sie mich für die sentimentale Person hält, die ich vermutlich bin. Tatsächlich glaube ich, dass ich heimgehen würde, wenn ich nicht so viel Angst vor Richie hätte. Sicher würde er versuchen mich hineinzuziehen, wenn er es könnte. Er ist so schwach, labil, rachsüchtig. Ich entdecke jetzt so viel Abstoßendes an ihm, dass ich nicht verstehe, wie ich je zu einer so elenden Gehirnwäsche kam. Vermutlich war ich einfach ein törichtes, dummes Kind, das sich anbot ausgenutzt zu werden, und das wurde ich! Mann, und wie! Aber das nächste Mal werde ich nicht so dumm sein, außerdem wird es kein nächstes Mal geben! Ich werde nie, nie mehr, unter gar keinen Umständen Drogen nehmen. Sie sind Wurzel und Ursprung dieses ganzen fauligen, stinkenden Durcheinanders, in dem ich stecke, und ich wünsche von ganzem Herzen und aus ganzer Seele, ich hätte nie davon gehört.

Und ich wollte, Briefe trügen keine Poststempel, dann könnte ich Mutter und Vater und den Kleinen und Großmutter und Großvater und vielleicht sogar Roger schreiben. Es gibt so vieles, was ich ihnen gern sagen würde. Zu schade, dass ich das nicht rechtzeitig gemerkt habe.

8. November

Aufstehen, essen, arbeiten, essen und erschöpft ins Bett fallen. Ich bade nicht mal mehr täglich, es ist zu mühsam immer zu warten, bis das Badezimmer frei ist.

10. November

Ich habe meinen Job gekündigt und werde meine ganze Zeit damit verbringen, einen interessanteren zu suchen. Shelia hat mir eine Liste mit Adressen gegeben, an die ich mich wenden kann, und hat mir erlaubt mich auf sie zu berufen.
PS: Wir waren leichtsinnig und haben für fünfzehn Dollar einen gebrauchten Fernseher gekauft. Er funktioniert nicht besonders gut, aber er macht das Zimmer freundlicher.

11. November

Nun, Tagebuch, wie gefällt dir das: Gleich in der ersten Stunde habe ich einen Job gefunden, gleich im zweiten Laden, in den ich gegangen bin! Mario Mellani macht exquisiten Modeschmuck, manchen davon mit kostbaren Steinen. Er wollte jemand Junges und Frisches als eine Art Dekoration und Kulisse für seine Arbeit. Ich bin geschmeichelt, dass er mich ausgesucht hat! Mr. Mellani ist groß und dick und vergnügt und hat mir erzählt, dass er eine Frau und acht Kinder hat, die in Sausalito wohnen, und er hat mich schon für Sonntag zum Mittagessen eingeladen, damit ich sie kennen lerne.

13. November

Ich liebe meinen neuen Job. Mr. Mellani ist für mich wie eine zweite Familie. Da hat er diesen sehr exklusiven kleinen Laden in der Halle eines unglaublich teuren Hotels und trotzdem bringt er jeden Tag sein Mittagessen in einer Papiertüte mit und teilt es mit mir. Er sagt, auf diese Weise wird er nicht zu dick. Und Chris und ich werden ihn am Sonntag zu Hause besuchen! Ist das nicht großartig! Es wird herrlich sein wieder einen Haufen kleiner Kinder zu sehen. Er hat einen Sohn namens Roberto in Tims Alter und einen anderen kleinen Jungen, der gerade drei Tage jünger ist als Alexandra. Er hält mich für eine Waise und in gewissem Sinn bin ich das auch. Ach, was soll's?
Weißt du, ich könnte viele Verabredungen haben, wenn ich nicht wählerisch wäre. Unsere Halle ist voll von reichen alten fetten Männern und ihren reichen alten Frauen in Nerz und Zobel und Chinchilla. Die Männer verstauen ihre Frauen in ihren Suiten und dann kommen sie herunter und machen mir Anträge. Es gibt auch jede Menge Geschäftsreisende, die hier herumspazieren und versuchen mehr anzufassen als

die Ware, ich habe nicht lange dazu gebraucht, sie schon beim Pförtner zu erkennen.

(?)

Zum Glück für Chris und mich sind unsere beiden Läden sonntags und montags geschlossen, so haben wir unsere zwei freien Tage zusammen. Es gibt hier nicht besonders viele wirklich junge Leute wie wir. Shelia muss eine unheimlich gut erhaltene Dreißigerin sein, und Mr. Mellani ist natürlich alt genug um mein Vater sein zu können und ein Vater wird er rasch für mich. Morgen gehen wir zu ihm.

16. November

Es war wirklich toll bei Mellanis. Sie wohnen auf einer kleinen Anhöhe, die fast ländlich wirkt. Sie liegt ganz am Ende der Buslinie und ist mit großen, uralten Bäumen bewachsen. Mrs. Mellani und die Kinder sind genau wie die italienischen Familien im Kino und sie kocht unvergleichlich. Und die Kinder, selbst die großen Kinder, rutschten ständig auf ihren Eltern herum. Ich habe noch nie Leute gesehen, die ihre Zuneigung so körperlich ausdrücken. Mario, der große Siebzehnjährige, ging auf eine Exkursion und er küsste und umarmte seinen Vater und den Rest der Familie, als nähme er Abschied für immer. Auch der übrige Tag war großzügig mit körperlichen Klapsen und Püffen und Knüffen durchsetzt. Es war ein schönes Erlebnis, das mich nur noch einsamer gemacht hat.

19. November

Chris kam in Hochstimmung von der Arbeit nach Hause. Shelia, die sich von Mr. Mellani nicht ausstechen lassen will, hat uns zu einer Party eingeladen, die sie am Samstagabend nach der Arbeit bei sich zu Hause gibt. Sie wird ziemlich spät beginnen, weil wir alle bis neun Uhr arbeiten, aber ich bin froh, weil es unheimlich großartig und nach Highlife klingt, um 22.30 Uhr zu einer Party zu gehen.

20. November

Zuerst machten Chris und ich uns Sorgen, was wir zu Shelias Fest anziehen sollten, aber sie riet uns, einfach etwas Bequemes zu tragen. Das ist prima, denn wir haben jede nur einen Koffer von zu Hause mitgenommen und wirklich keine Lust Geld auszugeben, wenn wir es nicht müssen. Ich glaube, wir bleiben vielleicht noch sechs Monate in dieser Wohnung, und dann haben wir wahrscheinlich Geld genug um selbst etwas anzufangen. Ich hoffe, Shelia wird uns ihren Segen geben und uns helfen. Vielleicht lässt uns auch Mr. Mellani ein paar von seinen billigeren Sachen verkaufen. Sobald Mario mit der Oberschule fertig ist, wird er im Laden arbeiten, also brauchen sie mich dann vielleicht sowieso nicht mehr.

21. November

Morgen ist Shelias Party. Wer wohl dort sein wird? Chris erzählt mir ständig von den Film- und Fernsehleuten, die in den Laden kommen und die Shelia persönlich zu kennen scheint. Zumindest küssen sie sich alle und nennen einander »Darling« oder »Baby«. Allein die Vorstellung Film- und Fernsehstars persönlich zu kennen! – kam eines Tages in Mr. Mellanis Laden und kaufte einen großen Abendring, aber sie ist so alt, dass ich sie nur einmal im Fernsehen in einem Film im Nachtprogramm gesehen habe, und darin spielte sie eine nicht sonderlich aufregende oder hinreißend Verrückte.

22. November

Oh, glücklicher Samstag. Heute Abend ist die Highlife-Party. Ob sie mich für schrecklich naiv halten, wenn ich Cola oder so was trinke statt Champagner oder was sie sonst haben? Vielleicht merkt es gar niemand. Jetzt muss ich mich aber beeilen, dass ich zur Arbeit komme, manchmal ist die Drahtseilbahn um diese Zeit ganz voll und ich möchte nicht auf dem Trittbrett herumhängen und strähnige Haare bekommen.

23. November

Es ist wieder passiert und ich weiß nicht, ob ich weinen oder jubeln soll. Nun, zumindest waren wir diesmal alle Erwachsene, die ihre erwachsenen Dinge taten und nicht kleine Kinder beeinflussten. Ich gebe zu, dass manche Leute mich nicht für erwachsen halten würden, aber alle glauben, Chris und ich seien achtzehn, und darauf kommt es wohl an. Auf jeden Fall lebt Shelia in einer prächtigen Wohnung mit großartiger Aussicht. Sie hat einen Portier, der noch imponierender aussieht als die Portiers dort, wo ich arbeite, und die sind ziemlich eindrucksvoll. Wir fuhren im Aufzug zu ihrer Wohnung hinauf und versuchten überlegen und unbeeindruckt zu wirken, während in Wirklichkeit uns beiden das Herz bis zum Hals schlug nach unserer schmutzigen kleinen Fliegenfalle. Selbst der Aufzug war imponierend mit goldener Vinyltapete an zwei Wänden und schwarzer Täfelung an den anderen beiden.

Shelias Apartment kam uns vor wie aus einer Zeitschrift für Wohnkultur. Zwei Wände bestanden nur aus Glas und gaben den Blick frei auf die funkelnde Stadt. Ich gab mir Mühe nicht alles mit offenem Mund anzustaunen, aber mir war, als stehe ich plötzlich in einer Filmkulisse.

Shelia küsste uns beide leicht auf die Wangen und führte uns in das Zimmer, wo farbenfrohe Polster um einen großen goldenen Kaffeetisch mit altertümlichem Spiegelglas lagen. Neben dem Kamin stand ein übergroßer gelbbrauner zotteliger Fellsessel und das Ganze war einfach unglaublich.

Dann klingelte es an der Tür und es kamen die schönsten Menschen, die ich je in meinem Leben gesehen habe. Die Männer waren so prachtvoll, sie waren wie gebräunte Statuen römischer Götter, und die Frauen waren so atemberaubend, dass sie mich zugleich glücklich und ängstlich machten. Doch nach einiger Zeit dämmerte mir, dass wir jung und hübsch und gesund sind, und diese Frauen sind alt, alt, alt. Wahrscheinlich könnten sie morgens ohne eine halbe Tonne Make-up im Gesicht nicht einmal das Haus verlassen. Also hatten wir wirklich keinen Grund zur Beunruhigung.

Dann roch ich es. Ich hörte beinahe mitten im Satz zu sprechen auf, so stark war der Geruch. Chris war auf der anderen Seite des Raumes, aber ich sah, wie sie sich umwandte, und wusste, dass sie es auch gerochen hatte. Die Luft schien drückender zu werden und Teile meines Kopfes schienen darum zu betteln. Ich wusste nicht, ob ich laufen oder bleiben sollte oder was. Dann drehte ich mich um und einer der Männer reichte mir einen Joint und das wars. Ich wollte aufgeschlitzt, zerschmettert, zerrissen werden wie nie zuvor. Das war die Szene, das waren die Leute, die wussten, worauf es ankam, und ich wollte ein Teil von allem sein!

Der Rest des Abends war fantastisch. Die Lichter und Musik und Geräusche und San Francisco waren Teil von mir und ich war Teil von ihnen. Es war eine unglaubliche Reise und ich weiß nicht, wie lange sie für mich dauerte. Chris und ich schliefen uns dann in Shelias Wohnung aus und erst am frühen Nachmittag konnten wir uns so weit zusammenreißen, dass wir in unsere eigenen miesen vier Wände zurückgingen.

Ich bin ein bisschen beunruhigt über das, was wirklich geschehen ist. Ich weiß nicht, ob wir Hasch geraucht haben, das momentan schwer zu bekommen

ist, oder was. Aber ich hoffe, ich werde nicht wieder diese Vier-Wochen-Qual durchmachen müssen. Bin ich oder bin ich nicht? Eines weiß ich genau – wenn wir wieder auf das Karussell springen, werde ich die Pille nehmen. Ich kann die Ungewissheit nicht ertragen und alles, was ich jetzt noch brauchte um völlig durchzudrehen, wäre die Feststellung, dass ich ...
Aber ich will lieber gar nicht daran denken.

(?)

Shelia gibt fast jeden Abend eine Party und wir sind immer eingeladen. Ich habe noch keinen gefunden, auf den ich wirklich stehe, aber es macht Spaß, Spaß, Spaß und wir können fast immer bei ihr schlafen, was viel besser ist als in dieses Loch hier zurückgehen zu müssen. Chris hat herausbekommen, dass Shelia früher mit – verheiratet war, und sie erhält so viel Unterhaltszahlungen, dass sie und ihre Freunde sich alles leisten können. Mann, wäre das nicht prima so viel Geld zu haben!!! Ich glaube, ich würde genauso leben wie sie, nur besser.

3. Dezember

Gestern Nacht war die schlimmste Nacht meines beschissenen, verdorbenen, stinkenden, elenden, verfluchten Lebens. Wir waren nur zu viert und Shelia und Rod, ihr gegenwärtiger Freund, gaben uns Heroin. Zuerst hatten wir ein bisschen Angst, aber sie überzeugten uns, dass die Schreckensgeschichten nur amerikanische Legenden seien – ha! Aber ich glaube, ich war ziemlich aufgeregt und, ehrlich gesagt, konnte ich es kaum abwarten, als ich ihre Vorbereitungen sah. H ist eine großartige Sensation, anders als alles, was ich je erlebte. Mir war sanft und schläfrig und wunderbar wohlig zu Mute, als würde ich über der Realität schweben und die Dinge dieser Welt wären für immer im Raum verschwunden. Aber gerade bevor ich zu sehr weg war um zu bemerken, was vorging, sah ich, wie Shelia und dieser Schlappschwanz, mit dem sie geht, Vorbereitungen für Speed trafen. Ich weiß noch, wie ich überlegte, warum sie sich high schießen wollten, wo sie uns doch gerade dieses wundervolle Gegenteil, diese Ruhe und Gelöstheit geschenkt hatten, und erst später wurde mir klar, dass diese schmutzigen Schweine uns abwechselnd vergewaltigt und uns sadistisch und brutal misshandelt haben. Das hatten sie von vorneherein geplant, die elenden Drecksäue.

Als Chris und ich endlich wieder zu uns kamen, krochen wir zurück in unsere Wohnung und redeten lange. Wir hatten genug! Der Unrat, der mit Drogen zusammenhängt, macht den Preis zu verdammt hoch, als dass irgendwer ihn zahlen könnte. Diesmal werden wir uns wirklich umeinander kümmern und uns gegenseitig helfen. Ich hatte Richie verurteilt, weil er ein schwuler Homo war, aber vielleicht sollte ich selbst diesem Wurm noch eine Chance geben. Bei dem Stoff, den er täglich nahm, ist es kein Wunder, dass er die Kontrolle verlor.

Noch 3. Dezember

Chris und ich haben noch einmal miteinander geredet und beschlossen diese verfluchte Szene zu verlassen. Mit dem Zahltag von gestern haben wir siebenhundert Dollar und damit können wir vielleicht eine Boutique in einem nicht allzu großartigen Viertel aufmachen. Wir werden auf jeden Fall hier nicht länger herumhängen. Davon haben wir beide die Nase voll!
Ich hasse es, Mr. Mellani zu verlassen. Er war so freundlich und gut und hat sich so um mich gekümmert, aber weder Chris noch ich können auch nur den Gedanken ertragen, von dieser sadistischen Schnecke Shelia noch einmal zu hören oder sie zu sehen ... Also werde ich wohl wieder mal ein Brieflein mit »Dankeschön« und »ich mag Sie sehr« zurücklassen.

5. Dezember

Wir haben zehn Stunden täglich erfolglos nach einem Laden gesucht und jetzt haben wir entschieden, dass wir vielleicht unser Geschäft in der Nähe von Berkeley* eröffnen sollten. Alle Leute dort tragen eine Menge Schmuck und Chris konnte sich wenigstens die Namen der Lieferanten besorgen, bevor sie wegging, und ich glaube sicher, dass ich ein paar originelle Dinge machen könnte, nachdem ich Mr. Mellani so lange zugeschaut habe. Das wäre wirklich

---

* Teil der Universität von Kalifornien

ein prima Laden, Chris könnte sich um Einkauf und Verkauf kümmern und ich würde ein paar exklusive Schmuckstücke machen.

6. Dezember

Heute haben wir es also gefunden – unser neues Heim. Es ist eine winzige Erdgeschosswohnung ganz nahe bei Berkeley, wo jetzt ein Geschäftsviertel entstanden ist, so dass wir Küche und Schlafzimmer zum Wohnen und das Wohnzimmer und das mikroskopische Esszimmer als Ausstellungsraum und Werkstatt benutzen können. Morgen ziehen wir ein und fangen an zu malen. Wir haben ein hübsches Erkerfenster dicht an der Straße, aus dem wir ein fantastisches Schaufenster machen können, und wenn wir die Möbel neu beziehen und bemalen, wird es bestimmt nicht schlecht aussehen. Wir werden alles mögliche Verrückte machen, zum Beispiel die alten, abgenutzten Tischplatten mit Filz bekleben, der billig ist, und die Stühle und einen Teil einer Wand mit imitiertem Leopardenfell beziehen, wenn wir es uns leisten können. Es wird schön sein wieder einen Platz zu haben, den man Zuhause nennen kann, und das hier werden wir so einrichten, dass es geliebt und bewohnt aussieht. Für die andere Wohnung haben wir keinen Pfennig außer der Miete ausgegeben.

9. Dezember

Ich war zu beschäftigt um zu schreiben. Wir haben zwanzig Stunden am Tag gearbeitet. Wir haben beide darüber gelacht, wie gern wir jetzt ein Aufputschmittel hätten, aber keine von uns wird je wieder schwach werden. Für unsere Wohnräume haben wir noch nichts getan, aber unser Ausstellungsraum sieht hinreißend aus. Ein paar Leute sind schon vorbeigekommen und haben uns gesagt, wie großartig es aussieht, und gefragt, wann wir eröffnen. Wir konnten uns keinen Teppich leisten, also haben wir den Boden bonbonrosa gemalt, und die Wände sind jetzt rosa und weiß und alles Zubehör ist in einem warmen, zarten Rot und Violett gehalten. Es sieht einfach großartig aus. Statt für Leopardenfell haben wir uns für imitiertes weißes Fell entschlossen und das wirkt einfach fabelhaft. Chris war den ganzen Tag in den Großhandlungen und morgen werden wir aufmachen, mit oder ohne Schlaf.

10. Dezember

Chris hat offenbar genau gewusst, was man kaufen muss, denn heute haben wir zwanzig Dollar umgesetzt. Sie wird morgen schon wieder auf den Markt gehen müssen.

12. Dezember

Die Installationsrohre sind leck und die Toilette wird leicht verstopft und wir haben nur manchmal heißes Wasser, aber es macht wirklich nichts. Die Leute kommen vorbei und sehen fern – der Apparat steht im Ausstellungsraum – oder sie sitzen einfach herum und erzählen. Wir haben die Beine der Esszimmerstühle abgesägt, so dass sie nur etwa dreißig Zentimeter über dem Fußboden sind, und mit den fünf Stühlen (einer war restlos kaputt) haben wir eine hübsche kleine Gesprächsecke. Heute hat jemand vorgeschlagen, wir sollten uns ein paar kalte Getränke in den Kühlschrank legen und fünfzig Cent dafür und für den Fernsehservice verlangen. Ich glaube, wir werden es versuchen. Wir haben schon überlegt, ob wir uns in ein paar Wochen nicht eine billige gebrauchte Stereoanlage anschaffen sollten, wenn alles weiterhin gut geht. Unser Ausstellungsraum ist wirklich ziemlich groß und für Geschäftszwecke brauchen wir eigentlich nur die Hälfte. Die meisten Kunden scheinen eine Menge Geld zu haben und sie kaufen genug um auch eine Zeit lang auf einem Stuhl sitzen zu dürfen.

13. Dezember

Ein Junge, der schon ein paar Mal da gewesen ist, hat uns heute seine Stereoanlage für fünfundzwanzig Dollar angeboten, weil er sich eine neue bauen will. Wir waren ganz glücklich und bleiben heute Nacht auf um sie mit rotem Samt und goldenen Reißnägeln fertig zu dekorieren. Morgen werden die Kunden staunen! Ich bin froh, dass ich immer so müde bin, dass ich einschlafe, sobald ich das Bett auch nur berühre, weil ich keine Zeit zum Nachdenken haben will, besonders nicht über Weihnachten.

15. Dezember

Heute Morgen ging Chris schon früh zu den Großhändlern und ich hörte Radio, während ich die Vitrinen abstaubte. Dann wurde »She's Leaving Home« gespielt und bevor ich wusste, was geschah, tropften mir die Tränen übers Gesicht, als wären in meinem Kopf zwei Hähne aufgedreht worden. Oh, dieser Schlager handelte von mir und all den unzähligen Mädchen, die wie ich von zu Hause weggingen und zu fliehen versuchten. Vielleicht gehe ich nach Weihnachten wieder heim, vielleicht sogar vor Weihnachten. Diese ganze Geschichte mit Richie ist jetzt sicher vorbei und ich kann zurück und nach den Ferien in der Schule weitermachen. Chris kann den ganzen Laden haben und inzwischen wird hier alles ganz gut laufen, oder vielleicht will sie auch mit mir nach Hause, aber ich werde vorläufig nichts davon erwähnen.

17. Dezember

Es fängt an ein bisschen monoton zu werden für Chris und mich. Die Leute wollen nur über ihre Komplexe reden und über ihre Gefühle, wenn sie Drogen nehmen. Ich erinnere mich daran, dass Vaters Vater vor seinem Tod endlos über seine Leiden und Schmerzen sprach. So ähnlich kommen sie mir auch vor. Sie reden nie über das, was sie vom Leben wollen, oder über ihre Familien oder sonst was, sondern nur darüber, wer Stoff hat, wie viel Geld sie im nächsten Jahr bekommen werden und wer im Moment die letzten Groschen hat und ob sie reichen. Und die »Verrückten« machen mich so langsam auch verrückt. Ich frage mich, ob wir in diesem Land wirklich eine ausgewachsene Revolution haben werden. Wenn sie darüber diskutieren, erscheint alles ziemlich vernünftig und aufregend – alles zu zerstören und neu anzufangen; ein neues Land, eine neue Liebe und Gemeinsamkeit und Frieden. Aber wenn ich allein bin, kommt es mir vor wie eine andere, verrückte, drogenbetäubte Szene. Oh, ich bin völlig wirr. Ich kann nicht glauben, dass bald Mutter gegen Tochter und Vater gegen Sohn kämpfen müssen, damit die neue Welt entsteht. Aber vielleicht können sie mich von ihrer Denkungsart überzeugen, wenn ich aufs College komme – falls ich je dahin komme.

18. Dezember

Heute haben wir einfach unsere Türen abgeschlossen und sind fortgegangen. Zum ersten Mal seit Wochen haben wir uns beide frei genommen, die Leute und ihre Komplexe haben wirklich angefangen uns fertig zu machen. Wir haben eine lange, genussreiche Busfahrt gemacht und uns dann ein teures französisches Menü mit vielen Gängen genehmigt. Mir hat es richtig gut getan, wieder hübsch angezogen zu sein, nachdem ich immer nur in alten Hosen und Arbeitskleidung herumgelaufen bin. Aber all die Weihnachtssachen in den Schaufenstern und Läden machen uns beide ein bisschen einsam innerlich, obwohl keine von uns etwas sagt. Ich habe sogar versucht mir selbst vorzuspielen, dass es mir nichts ausmache, aber ich nehme an, dir, liebes Tagebuch, kann ich die Wahrheit sagen. Ich bin einsam, mein Herz ist gebrochen, ich hasse diese ganze Nummer und alles, wofür sie steht, ich habe das Gefühl, dass ich mein Leben vergeude. Ich will zurück zu meiner Familie und meiner Schule. Ich will nicht einfach anderen Leuten zuhören, die an Weihnachten nach Hause können und schreiben und telefonieren können, während ich es nicht kann, und warum kann ich es nicht? Ich habe wahrscheinlich nichts getan, was diese Leute nicht getan haben. Alle Süchtigen sind mit einem Fuß in der Gosse, das geht Hand in Hand.

22. Dezember

Ich habe Mutter angerufen. Sie war so froh mich zu hören, dass ich sie kaum durch ihr Weinen hindurch verstehen konnte. Sie hat angeboten mir telegrafisch Geld zu überweisen oder Vater kommen zu lassen um mich zu holen, aber ich habe ihr gesagt, wir hätten genug und wir kämen heute Abend mit dem ersten Flugzeug. Warum haben wir das nicht vor Wochen, Monaten, Jahrhunderten getan? Wir Dummköpfe!

23. Dezember

Der gestrige Abend war wie die Ankunft im Himmel. Das Flugzeug hatte Verspätung, aber Mutter und Vater und Tim und Alexandra waren alle da um mich abzuholen, und wir weinten alle ungeniert wie die Babys. Großmutter und Großvater kommen heute per Flugzeug um mich zu sehen und über Weihnachten dazubleiben. Ich glaube, das ist die großartigste Heimkehr, die jemals irgendjemand erlebt hat. Ich komme mir vor wie der verlorene Sohn, der zu den Seinen zurückgekehrt ist, und ich werde nie wieder weggehen.
Chris' Mutter und Vater haben sie abgeholt und auch sie haben sich unter Tränenströmen wieder gefunden. Dass Chris davongelaufen ist, hatte ein gutes Ergebnis. Es hat ihre Eltern einander näher gebracht, als sie nach ihren eigenen Feststellungen seit Jahren gewesen sind.

Später
Ich bin so dankbar, dass Chris und ich bei unserem kleinen Abenteuer erfolgreich waren. Mark, einer der Jungen, die in unserem Laden herumhingen, hat Farbaufnahmen gemacht, die unsere Familien ziemlich beeindruckten. Natürlich haben wir unsere Erlebnisse in San Francisco aus unserem Lebenslauf getilgt, und Mutter hat sich gefreut, dass wir nie in die Nähe von Haight-Ashbury* gekommen sind, das heute sowieso nichts mehr darstellt.

* Ehemaliges Hippie-Zentrum

Heute Nachmittag habe ich die Auskunft angerufen und nach den Telefonnummern von Richie und Ted gefragt, aber keiner von beiden war registriert. Daher nehme ich an, dass sie sich einfach verzogen haben, und bin erleichtert. Jetzt denken alle nur, dass wir davongelaufen sind, weil wir selbstständig sein wollten. Ich glaube, ich werde nachsehen, ob sie in der Schule noch verzeichnet sind, einfach um sicherzugehen.

24. Dezember

Das Haus ist voller Duft. Wir haben Kuchen und Torten und Gebäck und Schleckereien gebacken. Großmutter ist eine wunderbare Köchin und ich weiß, dass ich viel von ihr lernen kann, und ich werde es wirklich versuchen. Der Baum steht und das Haus ist geschmückt, und Weihnachten wird dieses Jahr noch großartiger sein als je zuvor.
Ich habe Chris heute angerufen, sie fühlt sich großartig. Ihre Mutter und ihr Vater und ihre gelähmte Tante Doris, die bei ihnen lebt, strengen sich wirklich an um nett zu ihr zu sein. Oh, es ist schön daheim zu sein! Mutter hatte wahrscheinlich Recht, Chris und ich haben nur das Negative gesehen. Aber das wird nicht mehr geschehen!

25. Dezember

Tagebuch, heute ist Weihnachten und ich warte, bis meine Familie aufwacht, damit wir unsere Weihnachtsstrümpfe leeren und unsere Geschenke auspacken können. Aber zuerst und ganz allein wollte ich meinen eigenen speziellen und geheiligten kleinen Teil an diesem speziellen und geheiligten Tag haben. Ich wollte zurückschauen und bereuen und mich neu überantworten. Jetzt kann ich mit den anderen singen: »Herbei, o ihr Gläubigen, fröhlich triumphierend«, denn ich bin triumphierend, diesmal bin ich es wirklich!

26. Dezember

Der zweite Feiertag ist meistens enttäuschend, aber in diesem Jahr habe ich es genossen, Mutter und Großmutter beim Aufräumen und Saubermachen und Wegräumen zu helfen. Ich komme mir erwachsen vor. Ich gehöre nicht mehr zur Kategorie der Kinder, ich gehöre zu den Erwachsenen! Und das gefällt mir! Sie haben mich als Individuum, als Persönlichkeit, als Eigenwesen akzeptiert! Ich gehöre dazu! Ich bin wichtig! Ich bin jemand!
Heranwachsende durchleben eine sehr steinige, unsichere Zeitspanne. Die Erwachsenen behandeln sie wie Kinder und erwarten doch, dass sie sich wie Erwachsene verhalten. Sie geben ihnen Befehle wie kleinen Tieren und erwarten dann, dass sie reif reagieren und immer rational, wie selbstbewusste Menschen in anerkannter Position. Es ist eine schwierige, einsame, schwankende Zeit. Vielleicht habe ich den schlimmsten Teil hinter mich gebracht. Ich hoffe es auf jeden Fall, denn ich hätte sicher weder die Kraft noch den Mut diese Phase noch einmal durchzumachen.

27. Dezember

Weihnachten liegt immer noch in der Luft, diese irgendwie wunderbare, irgendwie besondere Zeit des Jahres, in der alle guten Dinge auf der Erde wieder geboren werden. Oh, ich liebe es, ich liebe es, ich liebe es. Es ist, als wäre ich nie fort gewesen.

28. Dezember

Ich habe die Weihnachtskarten durchgesehen und eine von Rogers Familie gefunden. Wie schrecklich mir dabei zu Mute ist! Wäre es nicht herrlich gewesen, wenn diese Familie und unsere hätten verbunden werden können? Aber das ist jetzt nicht mehr möglich und ich darf mich nicht quälen. Außerdem war es vielleicht nur eine Jugendschwärmerei.

29. Dezember

Mutter und Vater planen eine Silvesterparty für alle Leute, die mit Vaters Abteilung zu tun haben. Das klingt gut. Großmutter macht ihren berühmten Hühnereintopf mit Blumenkohl, außerdem will sie ihre Hefe-Orangen-Brötchen backen. Hmmm! Sie hat versprochen, dass ich ihr helfen darf, und Chris kommt auch herüber.

30. Dezember

Es ist immer noch Festtagszeit und ich bin Tag und Nacht in bester Stimmung!

31. Dezember

Heute Nacht wird für mich der Auftakt zu einem wundervollen neuen Jahr sein. Wie demütig dankbar ich dafür bin, das alte los zu sein. Es erscheint mir kaum wirklich! Ich wollte, ich könnte es einfach aus meinem Leben reißen wie Blätter vom Kalender, zumindest die letzten sechs Monate. Wie, oh, wie konnte mir das jemals geschehen? Mir, die ich aus dieser guten und netten und aufrichtigen und liebevollen Familie komme! Aber das neue Jahr wird anders sein, voller Leben und Hoffnung. Ich wollte, es gäbe eine Möglichkeit meine wahren Albträume buchstäblich und wirklich und völlig und für immer auszulöschen, aber da es die nicht gibt, muss ich sie ganz hinten in die dunkelsten und unerreichbarsten Winkel und Ritzen meines Gehirns verdrängen, wo sie vielleicht allmählich zugedeckt werden oder verschwinden. Aber genug von diesem Gerede und Geschreibe, ich muss hinunter und Mutter und Großmutter helfen. Wir müssen noch eine Million Dinge vor der Party erledigen. Nichts wie los.

1. Januar

Die Party gestern Nacht hat wirklich Spaß gemacht. Ich hätte nicht gedacht, dass Vaters Freunde so interessant und so komisch sein könnten. Einige Männer haben sich über unerhörte Gerichtsfälle unterhalten und über die unglaublichen Entscheidungen, die gefällt wurden. Eine alte exzentrische Multimillionärin hat ihr ganzes Geld zwei alten riesigen streu-

nenden Katzen hinterlassen, die diamantengeschmückte Halsbänder trugen, während sie im Haus herumliefen und durch die Gassen streunten. In ihrem Testament stand, dass die Katzen zu nichts gezwungen werden dürfen, was gegen ihre natürlichen Instinkte verstößt. Also stellte das Gericht vier hauptamtliche Katzenhüter ein, die sie jede Minute bei Tag und Nacht beobachten mussten. Ich nehme an, die Männer haben die Geschichte übertrieben, weil sie so komisch ist, aber sicher bin ich nicht. Vielleicht waren sie einfach gute Geschichtenerzähler.
Manche Eltern erzählten von verrückten Dingen, die ihre Kinder getan haben, und Vater berichtete sogar stolz ein paar gute Sachen von mir . . . wer hätte das gedacht!
Um Mitternacht setzten alle Papphüte auf und läuteten mit Glocken und schlugen auf Gongs etc. und dann aßen wir unseren Mitternachtsimbiss und Gran und Chris und Tim und ich halfen.
Wir kamen erst kurz vor vier ins Bett, aber das war fast das Beste daran. Als die Gäste gegangen waren, zogen die Familie und Chris und ich alle unsere Schlafanzüge an und spülten das Geschirr und räumten das Haus auf. Dabei waren wir so ungezwungen und glücklich, wie man überhaupt nur sein kann. Großvater spülte das Geschirr und steckte bis zu den Achselhöhlen in Seifenschaum und sang dazu, so laut er konnte. Er bestand darauf, dass die Geschirrspülmaschine zu langsam sei, wenn man so viel zu tun habe. Und Vater marschierte herum und brachte Geschirr herbei und schleckte sich die Finger ab. Es war wirklich großartig! Ich frage mich, ob die richti-

gen Gäste sich so gut amüsiert haben wie Mutter und Vater und Großmutter und Großvater und Tim und ich? Wäre Chris lieber bei ihrer eigenen Familie gewesen, wenn die nicht zu einer anderen Party gegangen wäre? Das gehört vermutlich zu den Dingen, die wir nie erfahren werden und die sowieso nicht wichtig sind.

4. Januar

Morgen fange ich wieder mit der Schule an. Mir kommt es vor, als sei ich jahrelang weg gewesen. Aber jetzt werde ich die Schule zu schätzen wissen, das kann ich dir sagen. Ich werde Habla Español lernen wie ein Spanier. Ich habe immer gedacht, Fremdsprachen seien langweilig, aber jetzt ist mir klar, wie wichtig es ist, sich anderen Menschen, allen Menschen mitteilen zu können.

5. Januar

Chris geht in die letzte Klasse, aber wir essen trotzdem zusammen zu Mittag. Es ist ziemlich anstrengend sich wieder einzuleben.

6. Januar

Was bin ich erschrocken! Joe Driggs kam heute zu mir und fragte, ob ich Stoff hätte. Ich hatte wirklich fast vergessen, dass ich vor so kurzer Zeit ein Dealer war. Oh, ich hoffe, es erfährt sonst niemand davon und ich kann es herunterspielen. Joe wollte zuerst gar nicht glauben, dass ich sauber bin. Es ging ihm wirklich schlecht und er bat mich um ein bisschen Schnee oder sonst was. Ich hoffe, George erfährt nichts davon.

7. Januar

Heute war von Drogen nicht die Rede. Ich hoffe, Joe trägt nichts weiter.

8. Januar

Man hat Chris und mir von einer Party an diesem Wochenende erzählt, aber ich habe Mutter gefragt, ob Chris zu mir kommen kann. Ich weiß, dass ich nicht in Versuchung kommen werde, aber ich will einfach kein Risiko eingehen. Und ich habe auch sehr ehrlich (zumindest teilweise ehrlich) Mutter davon erzählt, dass eine Gruppe ziemlich wilder Leute uns in der Schule bedrängt, und sie um Familienunterstützung für die nächsten Wochen gebeten. Mutter war sehr dankbar, dass ich Vertrauen zu ihr hatte, und sagte, dass sie und Vater sich etwas Besonderes für die nächsten beiden Wochenenden ausdenken und dafür sorgen wollten, dass die Eltern von Chris für die zwei Wochen danach das Gleiche tun. Es hat mir ein angenehmes, warmes Gefühl gegeben zu wissen, dass wir einander verstehen, und nicht nur in Worten! Ich habe wirklich eine großartige Familie!

11. Januar

Unsere Familie und Chris haben das Wochenende in den Bergen verbracht. Es war so schön, wie es nur sein konnte! Vater hat die Hütte von einem Kollegen geliehen und nachdem wir herausbekommen hatten, wie man das Wasser und die Heizung und alles andreht, war es wirklich prima. In der Nacht schneite es und wir mussten abwechselnd den Wagen freischaufeln, aber es war wirklich schön. Vater sagt, er wird die Hütte öfters leihen oder mieten. Es ist ein herrliches Wochenendhäuschen. Es ist merkwürdig, wie er sich immer freimachen kann, wenn er das Gefühl hat, dass es wichtig ist.

13. Januar

George will am Freitagabend mit mir ausgehen. Er ist eine Art Niemand, aber ich nehme an, das ist die sicherste Art.

14. Januar

Lane kam in der Mittagspause und verlangte, dass ich ihm einen neuen Kontakt besorge. Seine Verbindung ist aufgeflogen und er braucht wirklich etwas. Er hat mir den Arm umgedreht, bis er schwarz und blau wurde, und zwang mich zu versprechen, dass ich ihm bis heute Abend zumindest ein paar Tabletten besorge. Ich habe keine Ahnung, wie ich das anfangen soll. Chris schlug vor, ich solle mich an Joe wenden, aber ich will mit keinem von denen etwas zu tun haben. Ich bin fast krank vor Angst, tatsächlich bin ich wirklich krank.

15. Januar

Liebe unwissende Mutter! Lane hat gestern Abend zweimal angerufen und erklärt, er müsse mit mir reden, aber Mutter ahnte, dass etwas nicht stimmte, und sagte ihm, ich sei krank und könne unmöglich gestört werden. Sie hat mir sogar zugeredet heute von der Schule zu Hause zu bleiben – SIE hat *mir* zugeredet die Schule zu schwänzen, obwohl sie sonst so viel davon hermachte. Auf jeden Fall weiß ich es zu schätzen, dass sie sich Gedanken macht, und ich wollte, ich könnte mich ihr anvertrauen. Wie viel wohl Lane wirklich über Rich und mich weiß???

17. Januar

George hat mich mitgenommen zum Schülerball, aber alles ging schief, weil Joe und Lane den ganzen Abend hinter mir her waren. George wollte wissen, was los sei, also habe ich ihm gesagt, Lane sei eifersüchtig, weil er mich eingeladen habe und ich ihm einen Korb gegeben hätte. Zum Glück war die Musik laut und wir konnten uns nicht viel unterhalten. Ich wollte, sie ließen mich in Ruhe!

20. Januar

Am nächsten Wochenende hat Vater zu tun, also können wir nicht wegfahren, aber wir können uns zumindest mit etwas beschäftigen. Mutter sagte, sie wolle mir helfen ein neues Kostüm aus Vinyl zu nähen, das wie Leder aussieht.

21. Januar

Gloria und Babs haben nach der Schule auf mich gewartet und mich ein Stück weit nach Hause begleitet. Ich wusste nicht, wie ich sie loswerden sollte ohne offen feindselig zu sein, aber ich wollte, sie ließen mich in Frieden. Mutter fuhr im Wagen vorbei, als wir an die Ecke der Ulmenstraße kamen, und ich habe ihr gewinkt, damit sie anhielt. Es war fast zu viel! Auf der ganzen Heimfahrt wiederholte sie immer wieder, was für nette Mädchen Gloria und Babs seien und wie gut es mir täte, viele Freundinnen zu haben, statt mich ganz auf Chris zu konzentrieren. Oh, wenn sie nur wüsste, wenn sie nur wüsste!

24. Januar

Oh, verdammt, verdammt, verdammt, es ist wieder passiert. Ich weiß nicht, ob ich schreien soll vor Glück oder Sack und Asche tragen, was immer das bedeutet. Jeder, der behauptet, Hasch und LSD machen nicht süchtig, ist ein verdammter, dummer, irrer Idiot, ein unaufgeklärter Narr. Ich habe das Zeug genommen seit dem 10. Juli, und immer wenn ich

aufhörte, hatte ich tödliche Angst auch nur an etwas zu denken, was wie Drogen aussieht oder wirkt. Und die ganze Zeit habe ich mir vorgemacht, dass ich es nehmen oder lassen könnte!
All die dummen, idiotischen Leute, die denken, sie spielen nur damit herum, existieren in Wirklichkeit nur von einem Erlebnis zum anderen. Wenn man sie einmal genommen hat, gibt es kein Leben mehr ohne Drogen. Es ist eine stachlige, farblose, misstönende, armselige Existenz. Es stinkt! Und ich bin froh, dass ich wieder dabei bin. Froh! Froh! Froh! Es war nie schöner als gestern Abend. Jedes neue Mal ist das beste Mal, bei Chris ist es genauso. Als sie mich gestern Abend anrief und bat zu ihr zu kommen, wusste ich, dass etwas Schreckliches geschehen war. Es klang, als wüsste sie nicht was tun. Aber als ich hinkam und diesen unglaublichen Duft roch, setzte ich mich einfach zu ihr auf den Boden ihres Zimmers und weinte und rauchte. Es war schön und wunderbar und wir hatten es so lange entbehrt. Ich werde nie ausdrücken können, wie wirklich großartig es ist.
Später rief ich Mutter an und sagte ihr, dass ich über Nacht bei Chris bleiben werde, weil sie ein wenig deprimiert sei. Deprimiert? Niemand auf der Welt außer einem Hascher und User kennt das genaue Gegenteil von deprimiert.

26. Januar

Chris ist ein bisschen schuldbewusst, aber ich bin glücklich, dass wir wieder dabei sind, wir gehören der Welt! Die Welt gehört uns! Der arme George wird den Weg aller Spießer gehen müssen. Er hat mich mit dem Wagen zur Schule abgeholt und ich hätte kaum weniger interessiert sein können. Ich brauche ihn nicht einmal mehr als Chauffeur.

30. Januar

Ich habe heute mit Lane gesprochen und er ist wirklich erstaunlich. Er hat eine neue Verbindung und kann mir alles besorgen, was ich will. Also habe ich ihm gesagt, dass ich Aufputschmittel am liebsten mag. Wer will schon Ruhe, wenn er wach sein kann? Stimmt doch?

6. Februar

Das Leben ist jetzt wirklich unglaublich. Die Zeit scheint so endlos und doch geht alles so schnell. Ich liebe das!
P. S.: Mutter ist wirklich froh, dass ich wieder »in« bin. Sie hört gern das Telefon läuten, wenn es für mich ist. Ist das nicht zum Totlachen!

13. Februar

Lane wurde gestern Abend erwischt. Ich weiß nicht, wie sie auf ihn gekommen sind, aber ich nehme an, er hat zu viel zu schnell an seine kleinen Mädchen verteilt. Ich bin bloß froh, dass ich nicht dort war. Weil ich so süß und unschuldig und naiv bin, achten meine Eltern darauf, dass ich während der Woche früh nach Hause komme. Sie wollen mich vor dem großen schlimmen bösen Mann schützen. Ich mache mir nicht allzu große Sorgen um Lane. Er ist kaum sechzehn, also werden sie wahrscheinlich nicht allzu streng mit ihm sein – vielleicht schlagen sie ihm auf die Finger.

18. Februar

Unser Vorrat schmilzt, seit Lane sich gut benehmen muss, aber Chris und ich sind sehr einfallsreich. Zumindest kommen wir durch.
Ich glaube, ich werde die Pille nehmen. Das ist viel einfacher als sich ständig zu sorgen. Ich wette, die Pille ist schwerer zu kriegen als Drogen – was zeigt, wie verrückt diese Welt wirklich ist!

23. Februar

Liebes Tagebuch,
oh, Mist! Sie haben gestern das Haus von Chris durchsucht, während ihre Eltern und ihre Tante weg waren, aber Chris und ich haben uns gut gehalten. Der große blaue Polyp stand nur da und schüttelte den Kopf, während Chris und ich unseren Eltern schworen, dass es unser allererstes Mal war und dass im Grunde nichts geschehen ist. Zum Glück kamen sie, als wir noch unseren Verstand beisammen hatten. Ich frage mich, wieso sie wussten, dass wir dort waren???

24. Februar

Das ist das Komischste, was ich je gehört habe: Mutter ist besorgt und macht Andeutungen, dass ihrem kleinen Baby etwas geschehen sein könnte in jenen Begriffen, die sie selbst nicht über die Lippen bringt. Sie will, dass ich mich von Dr. Langley untersuchen lasse, ist das nicht ein Witz?
Ich habe eine Weile dazu gebraucht, Unwissenheit und Unschuld zu schwören, die Augen so weit aufgerissen wie nur möglich. Ich gab vor nicht zu wissen, wovon sie sprach, und weißt du, zum Schluss machte sie sich wirklich Vorwürfe so etwas auch nur vermutet zu haben.

(?)

Wir sind alle auf Bewährung und dürfen einander nicht sehen, und Mutter und Vater wollen mich ab nächsten Montag zu einem Irrendoktor schicken. Ich nehme an, das war alles nötig, damit ich nicht vor Gericht muss. Es heißt, dass Lane fortgebracht wurde, in ein geschlossenes Entziehungsheim, nehme ich an. Tatsächlich war das seine dritte Festnahme. Das hatte ich nicht gewusst. Nun, zumindest kann er nicht denken, dass ich etwas damit zu tun hatte, denn schließlich wurde ich mitgeschnappt. Wenigstens ist das meine erste Anzeige. Ich nehme an, ich habe ziemlich Glück.

27. Februar

Mutter und Vater überwachen mich, als wäre ich sechs Jahre alt. Ich muss direkt von der Schule nach Hause kommen, als wäre ich ein Baby. Als ich heute Morgen ging, sagte Mutter zum Abschied: »Komm nach der Schule sofort nach Hause.« Uff! Als ginge ich um 15.30 Uhr auf einen Trip – das klingt eigentlich gar nicht schlecht.

Später
Nach dem Abendessen wollte ich zum Drugstore gehen und ein paar Buntstifte kaufen um meine Landkarte fertig zu zeichnen, und als ich zur Tür hinaus wollte, rief Mutter Tim und befahl ihm mitzugehen. Das ist wirklich zu viel! Meinen kleinen Bruder als Aufpasser dabeizuhaben! Ihm gefiel der Vorschlag nicht besser als mir. Am liebsten hätte ich ihm erzählt, warum sie wollte, dass er mitgeht! Das geschähe ihm recht. Das geschähe ihnen allen recht. Ich weiß, was ich tun sollte, ich sollte ihn mit auf die Reise nehmen! Vielleicht tue ich es! Vielleicht überrasche ich ihn mit einem Trip auf einem Bonbon. Uff! Ich wollte nur, ich könnte sicher sein, dass es ein Schlager wird.

1. März

Ich bin bald so weit, dass ich abhaue. Diese ganze Geschichte macht mich so verrückt, dass alle meine Nerven zittern. Ich kann kaum allein aufs Klo gehen.

2. März

Heute ging ich zu dem Psychotherapeuten, einem fetten, hässlichen Mann, der noch nicht einmal Mumm genug hat abzuspecken. Mann, ich hätte ihm fast ein paar Amphetamine empfohlen – sie würden seinen Appetit verringern und ihm zugleich einen Kick geben. Das braucht er wahrscheinlich, wenn er dasitzt und über seine Brille schaut und darauf wartet, dass ich ihm ein paar blutrünstige Einzelheiten erzähle. Er ist fast schlimmer als alles andere, was mir zugestoßen ist.

5. März

Jackie hat mir ein paar Kopiloten zugeschoben, als sie in Englisch die Arbeitsbogen austeilte. Wenn heute Abend alle ins Bett gegangen sind, werde ich ganz allein high werden. Ich kann es kaum erwarten!

(?)*

Und jetzt bin ich hier in Denver. Als ich high war, bin ich einfach weggegangen und hierher getrampt, aber jetzt kommt es mir irre ruhig und unwirklich vor, vielleicht, weil es noch früh ist. Ich hoffe es, ich habe nur zwanzig Dollar, die ich aus Vaters Hosen genommen habe, aber keine Quelle.

---

* Das folgende Material ist ohne Datum. Es wurde auf einzelne Papierstücke, Papiertüten und Ähnliches geschrieben

(?)

Ich wohne hier mit zwei Leuten, die ich getroffen habe, aber sie finden es hier ziemlich langweilig, also gehen wir nach Oregon und sehen, was in Coos Bay geschieht. Wir haben genug LSD um die nächsten zwei Wochen oder immer stoned zu sein und das ist alles, was zählt.

... März

Ich habe keine Kleider außer denen, die ich anhatte, als ich von daheim fortging, und ich werde so verdammt schmutzig, dass ich glaube, sie sind an mir festgewachsen. In Denver hat es geschneit, aber hier in Oregon ist es so durchdringend feucht, dass es noch beschissener ist. Ich habe eine verfluchte Kopfgrippe und fühle mich elend und meine Periode hat angefangen und ich habe keine Tampons. Verdammt, ich wollte, ich hätte einen Schuss.

(?)

Gestern Nacht habe ich im Park unter einem Busch geschlafen und heute nieselt es und ich kann niemand von den Leuten finden, mit denen ich von Denver gekommen bin. Schließlich ging ich in eine Kirche und fragte den Hausmeister oder was er war, was ich tun sollte. Er sagte mir, ich solle hier sitzen bleiben, bis der Regen aufhört, und dann zu einer Art Heilsarmee gehen. Ich habe wohl keine andere Wahl, denn ich habe Fieber und bin triefend nass und so

schmutzig und stinkend, dass ich mich selbst kaum riechen kann. Ich versuche ein paar Papierhandtücher aus dem Waschraum als Binden zu benutzen und, Mann, das ist verdammt unbequem. Oh, wenn ich nur was zum Aufputschen hätte.
Das ist eine nette Kirche. Sie ist klein und ruhig und sauber. Ich komme mir hier schrecklich fehl am Platze vor und ich fange an mich so verdammt einsam zu fühlen, dass ich hier heraus muss. Ich werde wohl versuchen die Mission oder was zum Teufel das sonst ist im Regen zu finden. Ich hoffe nur, ich verliere diese verdammten Papiertücher nicht mitten auf der Straße.

Später
Hier ist es wirklich prima! Wirklich! Sie ließen mich duschen und gaben mir ein paar saubere alte spießige Kleider und Binden und etwas zu essen, obwohl ich ihnen sagte, dass ich mich nach ihren sturen Regeln nicht richten würde. Sie wollten, dass ich ein paar Tage hier bleibe und sie Verbindung zu meinen Eltern aufnehmen könnten, damit wir uns etwas ausdenken, was unsere Meinungsverschiedenheiten überbrückt. Aber meine Eltern sind nicht bereit mich LSD und Pot nehmen zu lassen und ich bin nicht bereit das aufzugeben. Dieser Mensch war wirklich nett. Er bringt mich sogar zu einem Arzt, damit ich etwas gegen meine Erkältung bekomme. Mir ist wirklich lausig zu Mute, vielleicht wird mir der gute Doktor etwas geben, damit es mir besser geht, was Starkes! Irgendwas! Ich wollte, der andere alte

Knabe würde sich beeilen mit dem, was er tut, damit wir gehen können.

Es ist immer noch ... was weiß ich, was es ist. Im Wartezimmer des Arztes traf ich ein Mädchen, Doris, die sagte, ich könne bei ihr wohnen, weil das Ehepaar, bei dem sie lebte, und ihr Freund heute Nacht abgehauen sind. Dann gab mir der Arzt eine Spritze und eine Flasche voll Vitamine, ausgerechnet Vitamine! Er sagte, ich sei körperlich ziemlich fertig und unterernährt, wie die meisten anderen Leute unserer Art, die zu ihm kommen. Er war aber wirklich nett. Er tat einfach, als wäre er interessiert, und er sagte, dass ich in ein paar Tagen wiederkommen solle. Ich erzählte ihm, dass ich kein Brot hätte, und er lachte nur und meinte, es hätte ihn überrascht, wenn ich welches hätte.

(?)

Endlich hat der verdammte Regen aufgehört. Doris und ich sind durch Coos Bay spaziert. Hier gibt es wirklich ein paar Läden! Ich habe ihr von dem Geschäft erzählt, das Chris und ich aufgemacht haben, und Doris will so etwas machen, wenn wir ein paar Kröten beisammenhaben, aber irgendwie scheint das nicht mehr sehr wichtig zu sein. Doris hat eine ganze Büchse voll Pot, also werden wir lange Zeit Joints rauchen können. Wir waren ziemlich stoned und alles schien prächtig, obwohl mein Hintern immer noch auf Grundeis schleift.

(?)

Es ist gut genug einfach am Leben zu sein. Ich liebe Coos Bay und ich liebe LSD. Die Leute hier, zumindest in unserem Stadtviertel, sind schön. Sie verstehen das Leben und sie verstehen mich. Ich kann reden, wie ich will, und mich anziehen, wie ich will, und niemand kümmert sich darum. Die Posters in den Schaufenstern anzuschauen oder einfach zum Busbahnhof zu laufen und zu beobachten, wer ankommt, ist Klasse. Wir kamen an einem Geschäft vorbei, wo sie Posters machen, und wenn wir ein paar Kröten zusammenhaben, werde ich Doris helfen die Wände damit zu tapezieren. Wir gingen in ein Kaffeehaus und in den Goldgräberladen und in die psychedelische Boutique. Morgen werden wir uns die übrigen Sehenswürdigkeiten anschauen. Doris ist seit zwei Monaten hier und sie kennt alles und jeden. Ich war überrascht, als ich entdeckte, dass sie erst vierzehn ist. Ich dachte, sie sei eine sehr kleine und unreife Achtzehn- oder Neunzehnjährige.

(?)

Gestern Abend war Doris wirklich ganz unten. Wir haben kein Pot und kein Geld mehr, und wir sind beide hungrig und der verdammte Regen schifft schon wieder herunter. In diesem kleinen Zimmer gibt es nur einen Herd mit einer Flamme, die überhaupt keine Hitze abzugeben scheint. Meine Ohren und Sinuskavernen (bitte sehr, ich weiß es, ich sehe fern oder hab es mal getan) fühlen sich an, als hätte man Zement hineingeschüttet, und um meine Brust muss ein Stahlreifen liegen. Wir würden irgendwohin gehen und versuchen umsonst eine Mahlzeit zu kriegen oder was beizuschaffen, aber es lohnt die Anstrengung nicht im Regen, also werden wir wohl wieder Nudeln und trockene Cornflakes essen. Wir haben darüber geredet, wie wir die Touristen und die Angeber und die Bettler hier verachten, aber ich glaube, morgen schließe ich mich ihnen an und versuche Geld genug für ein bisschen Essen und einen Schuss zusammenzubetteln. Doris und ich brauchen wirklich beides.

(?)

Oh, stoned zu sein, jemanden zu haben, der mich abbindet und mir einen Schuss von irgendwas gibt! Ich habe gehört, Schmerzmittel seien großartig. Oh, zum Teufel, ich wollte, ich hätte genug von irgendwas, um mit diesem ganzen beschissenen Durcheinander aufzuhören.
Ich habe geschlafen und ich weiß nicht, ob es noch derselbe Tag oder dieselbe Woche oder dasselbe Jahr ist, aber wem zum Teufel macht das schon was aus?
Der gottverdammte Regen ist noch schlimmer als gestern. Es ist, als pisste der ganze Himmel auf uns. Ich habe einmal versucht hinauszugehen, aber meine Erkältung ist so schlimm, dass ich bis zum Hintern durchfroren war, bevor ich auch nur an die gottverdammte Ecke kam, also kehrte ich um und ging mit den Kleidern ins Bett und versuchte mich so zusammenzurollen, dass meine Körperwärme mich zumin-

dest vorm Sterben rettet. Ich glaube, ich habe hohes Fieber, denn ich bin immer mal wieder weg – das ist das Einzige, was mich daran hindert abzukratzen. Oh, ich brauche so unbedingt einen Schuss! Ich möchte schreien und mit dem Kopf an die Wand schlagen und die verdammten staubigen, verblassten, fadenscheinigen Gardinen hochklettern. Ich muss hier heraus. Ich muss zum Teufel hier heraus, bevor ich wirklich ganz die Nerven verliere. Ich fürchte mich und ich bin einsam und ich bin krank. Ich bin so krank wie nie zuvor in meinem Leben.

Ich habe versucht nicht an daheim zu denken, bis Doris mit ihrer verdammten Lebensgeschichte angefangen hat, und jetzt breche ich wirklich zusammen. Gott, wenn ich genug Geld hätte, würde ich zurückgehen, wo ich hergekommen bin, oder mindestens anrufen. Morgen werde ich wieder in diese Kirche gehen und sie bitten meine Eltern anzurufen. Ich weiß nicht, warum ich mich wie ein Aas benommen habe, wo ich es doch immer so gut hatte. Die arme Doris hatte nichts als Hasch, seit sie zehn Jahre alt war. Als Doris zehn war, hatte ihre Mutter bereits viermal geheiratet und zwischendurch mit wer weiß wie vielen Männern zusammen gelebt. Und als Doris gerade elf geworden war, fing ihr damaliger Stiefvater an mit ihr zu schlafen, aber richtig, und der arme kleine Teufel wusste nicht einmal was tun, weil er gedroht hatte sie zu töten, wenn sie ihrer Mutter oder sonst jemand davon erzählte. Also ließ sie zu, dass der Mistkerl es mit ihr trieb, bis sie zwölf war. Dann, als er sie eines Tages ziemlich übel zugerichtet hatte, sagte sie ihrer Turnlehrerin, warum sie nicht mitturnen konnte. Die Turnlehrerin sorgte dafür, dass sie in ein Heim kam, bis man Pflegeeltern für sie fand. Aber selbst das war nicht viel besser, denn ihre beiden Pflegebrüder besorgten es ihr, und später verführte ein älteres Mädchen sie zu Drogen und dann zur Homosexualität. Seither hat sie die Hosen heruntergezogen und ist mit jedem ins Bett gesprungen, der die Decke hob oder die Büsche teilte. Oh, Vater, ich muss aus diesem Pfuhl heraus! Er saugt mich hinunter und ertränkt mich! Ich muss zum Teufel hier heraus, solange ich es noch kann. Morgen! Morgen sicher! Wenn der verdammte Regen aufgehört hat!

(?)

Wer zum Teufel macht sich was draus? Endlich hat der verdammte Regen aufgehört! Der Himmel ist so blau, wie er je gemeint war, und das ist für diese Gegend wohl ziemlich ungewöhnlich. Doris und ich werden aus diesem idiotischen Ort verschwinden. In Südkalifornien soll ein großes Treffen sein. Hallo! Wir kommen!

(?)

Mir ist tatsächlich und buchstäblich und völlig zum Kotzen. Ich möchte auf die ganze beschissene Welt spucken. Die größte Strecke sind wir mit einem großen, dickbäuchigen, ekelhaften Lastwagenfahrer gefahren, der uns mitgenommen hat und sich damit amüsierte, Doris körperlichen Schmerz zuzufügen und zuzuschauen, wie sie weinte. Als er tankte, schlichen wir uns beide davon, obwohl er uns gedroht hatte. Mann, welch ein Wurm... Endlich nahmen uns Leute unserer Sorte mit, sie haben zwar ihr Gras mit uns geteilt, aber es muss etwas Selbstgezogenes gewesen sein, denn es war so verdammt schwach, dass es uns kaum von der terra firma losbekam.

(?)

Das Treffen selbst war großartig, LSD und Alkohol und Pot gab es so frei wie die Luft. Selbst jetzt tropfen noch Farben auf mich herunter und der Sprung im Fenster ist wunderschön. Dieses Leben ist wunderschön. Es ist so verdammt wunderschön, dass ich es kaum aushalten kann. Und ich bin ein prächtiger Teil davon. Alle anderen nehmen nur Raum in Anspruch. Verdammte dumme Leute. Ich würde ihnen am liebsten das Leben in den Hals stopfen, vielleicht würden sie dann verstehen, worum es geht.
Neben der Tür kniet sich ein dickes Mädchen mit langem strähnigem blondem Haar auf ein Gewand mit einem Muster von Grün auf Grün auf Violett. Sie hat einen Jungen bei sich und er hat einen Ring in der Nase und vielfarbene Muster auf seinem rasierten Kopf. Sie sagen immer wieder »Liebe« zueinander. Es ist wunderschön ihnen zuzuschauen. Farbe vermischt sich mit Farbe. Menschen vermischt mit Menschen. Farbe und Menschen in einer großen Vereinigung.

(?)

Ich weiß nicht, was oder wann oder wo oder wer es ist! Ich weiß nur, dass ich jetzt eine Priesterin des Satans bin und nach dem Ausflippen versuche zu bestehen und zu testen, wie frei alle waren unsere Gelübde anzunehmen.

Liebes Tagebuch,
ich komme mir schrecklich elend und von jedermann betrogen vor. Ich bin wirklich verwirrt. Ich war hier diejenige, der alle nachgestiegen sind, aber wenn ich jetzt einem Mädchen gegenüberstehe, dann ist es, als stünde ich vor einem Jungen. Ich werde ganz erregt und aufgedreht. Ich möchte mit dem Mädchen schlafen, verstehst du, und dann werde ich ganz verkrampft und ängstlich. Irgendwie fühle ich mich verdammt gut und irgendwie verdammt schlecht. Ich will heiraten und eine Familie haben, aber ich fürchte mich. Ich möchte lieber von einem Jungen als von einem Mädchen geliebt werden. Ich möchte lieber mit einem Jungen schlafen, aber ich kann es nicht. Wahrscheinlich bin ich zu einem Penner geworden. Manchmal möchte ich, dass eines der Mädchen mich küsst. Ich möchte sie berühren, möchte, dass sie unter mir schläft, aber dann komme ich mir schrecklich vor. Ich werde schuldbewusst und es macht mich krank. Dann denke ich an meine Mutter. Ich stelle mir vor, wie ich sie anschreie und ihr sage, sie soll mir Platz machen, weil ich heimkomme und mich wie ein Mann fühle. Dann wird mir übel und ich will nur irgendjemand und ich sollte

hinaus und mich um meine Dinge kümmern. Ich bin wirklich krank. Ich bin wirklich weg vom Fenster.

Liebes Tagebuch,
es ist tausend Lichtjahre später, Mondzeit.
Alle erzählen Geschichten außer mir. Ich habe keine Geschichten, die sich zu erzählen lohnen. Ich kann nichts tun als Bilder zu malen von Monstren und inneren Organen und Hass.

(?)

Ein neuer Tag, ein neuer Schlag. Die Polypen haben zugeschlagen, bis die Stadt knochentrocken ist. Wenn ich nicht tue, was der Fettarsch will, dann gibt er mir nichts. Zum Teufel, ich zittere innerlich mehr als äußerlich. Welch eine beschissene Welt ohne Drogen. Das dreckige Bleichgesicht, dem ich mich opfern muss, weiß, dass ich kaum mehr kriechen kann, aber soviel ich weiß, ist er der Einzige, der noch einen Vorrat hat. Ich bin fast so weit es mit den Fat Cats, den Rich Philistines oder der ganzen Öffentlichkeit zu treiben für einen guten Schuss. Der verdammte Fettarsch zwingt mich dazu, bevor er mir was gibt. Alle liegen nur noch herum, als wären sie tot, und der kleine Jacon ruft: »Mama, Vati kann jetzt nicht kommen. Er bumst Carla.« Ich muss heraus aus diesem Scheißloch.

(?)

Ich weiß nicht, welche verdammte Stunde oder welcher Tag oder welches Jahr es ist, noch nicht einmal, welche Stadt.
Wahrscheinlich bin ich umgekippt oder sie haben ein paar schlechte Pillen ausgeteilt. Das Mädchen im Gras neben mir ist weißgesichtig und Mona Lisa ähnlich und sie ist schwanger. Ich fragte sie, was sie mit dem Baby tun werde, und sie sagte nur: »Es wird allen gehören. Wir teilen hier alles.«
Ich wollte jemand suchen, der Stoff hat, aber diese Baby-Geschichte beschäftigte mich wirklich. Also fragte ich sie, ob sie was zum Aufputschen hätte, und sie schüttelte nur ihren Kopf, ganz blöd, ganz vage, und mir wurde klar, dass sie total ausgebrannt ist. Hinter diesem schönen versteinerten Gesicht ist ein großer vertrockneter Aschhaufen und sie liegt da wie eine dumme Blöde, die überhaupt nichts tun kann.
Nun, wenigstens bin ich nicht ausgebrannt und ich bin nicht schwanger. Oder vielleicht bin ich es. Ich könnte die verdammte Pille selbst dann nicht nehmen, wenn ich sie hätte. Kein Süchtiger kann die Pille nehmen, weil sie nicht wissen, was für ein verdammter Tag es ist. Also bin ich vielleicht schwanger. Na und? Hier läuft irgendwo ein ehemaliger Medizinstudent ohne Examen herum, der wird sich darum kümmern. Oder vielleicht tritt mich irgendein verdammter Schweinehund bei einem Freak-out*

---

* Schlechter Trip

und dann verliere ich es sowieso. Oder vielleicht geht morgen die verfluchte Bombe los. Wer weiß? Wenn ich mich unter all diesen kaputten Typen umsehe, glaube ich wirklich, dass wir ein Haufen abgeschlaffter Wunder sind. Wir werden sauer, wenn uns jemand sagt, was wir tun sollen, aber wir wissen nicht, was wir tun sollen, wenn es uns nicht irgendein fetter Lump sagt. Lass die anderen für uns denken und tun und handeln. Lass sie die Straßen und die Autos und die Häuser bauen, für Elektrizität und Gas und Wasser und die Kanalisation sorgen. Wir bleiben einfach auf unserem Hintern sitzen, der bald Blasen kriegt, und lassen unsere Köpfe explodieren und strecken die Hände aus. Gott, ich rede wie ein verdammter Vertreter des Establishments und ich habe noch nicht einmal eine Pille, um den Geschmack in meinem Mund loszuwerden oder diese blöden Gedanken zu vertreiben.

Wann?

Ein Regentropfen fiel gerade auf meine Stirn und es war wie eine Träne des Himmels. Weinen Wolken und Himmel wirklich meinetwegen? Bin ich wirklich allein in der ganzen weiten grauen Welt? Ist es möglich, dass selbst Gott um mich weint? Oh, nein ... nein ... nein ... Ich verliere den Verstand. Bitte, Gott, hilf mir.

(?)

Am Himmel sehe ich, dass es früh am Morgen ist. Ich habe eine Zeitung gelesen, die der Wind zu mir hergeweht hat. Darin steht, dass ein Mädchen im Park ein Baby bekam, ein anderes hatte eine Fehlgeburt und zwei nicht identifizierte Jungen starben in der Nacht an einer Überdosis. Oh, ich wünschte so sehr, ich wäre einer von ihnen gewesen!

Ein anderer Tag

Ich habe endlich mit einem alten Priester gesprochen, der junge Leute wirklich versteht. Wir redeten endlos lange darüber, warum junge Leute von zu Hause weggehen, dann rief er meine Mutter und meinen Vater an. Während wir auf das Gespräch warteten, sah ich mich im Spiegel. Ich kann nicht glauben, dass ich mich so wenig verändert habe. Ich habe erwartet alt und hohl und grau auszusehen, aber wahrscheinlich ist es mein inneres Ich, das verwelkt und verfallen ist. Mutter nahm das Telefon im Wohnzimmer ab und Vater lief hinauf zum Zweitapparat, und wir drei haben fast die Verbindung erstickt. Ich kann nicht verstehen, wie sie mich immer noch lieben können und mich bei sich haben wollen, aber es ist so! Es ist so! Es ist so! Sie waren glücklich von mir zu hören und zu erfahren, dass es mir gut geht. Und es gab keine Anklagen oder Beschimpfungen oder Ermahnungen oder sonst was. Es ist merkwürdig, aber jedes Mal, wenn etwas mit mir los ist, lässt Vater alles liegen und stehen und kommt. Ich glaube, wenn er ein Friedensbotschafter wäre, an dem das Schicksal der ganzen Menschheit im Milchstraßensystem hängt, würde er alles aufgeben und zu mir kommen. Er liebt mich! Er liebt mich! Er liebt mich! Er liebt mich wirklich! Ich wollte nur, ich könnte mich selbst lieben. Ich verstehe nicht, wie ich meine Familie so behandeln konnte. Aber ich werde es wieder gutmachen, ich bin fertig mit der ganzen Scheiße. Ich werde noch nicht einmal mehr darüber reden oder schreiben oder auch nur daran denken. Ich werde den Rest meines ganzen Lebens damit verbringen, ihnen Freude zu machen.

Liebes Tagebuch,
Ich konnte nicht schlafen, darum bin ich durch die Straßen gegangen. Ich sehe ziemlich spießig aus, weil ich keinen verwilderten Eindruck machen will, wenn meine Eltern kommen. Ich habe meine Haare zu einem Pferdeschwanz zusammengebunden und ich habe mit dem altmodischsten Mädchen, das ich finden konnte, die Kleider getauscht und ich trage ein altes Paar weiße Tennisschuhe, das ich im Rinnstein fand. Zuerst wirkten die Leute, mit denen ich im Kaffeehaus redete, recht verschlossen, weil ich so aussehe, aber als ich ihnen sagte, dass ich meine Eltern angerufen habe und dass sie mich abholen, schienen sie alle froh zu sein.
Es ist unfassbar, dass Chris und ich damals in der ganzen Zeit in Berkeley nichts über diese Leute herausgefunden haben. Damals haben wir einfach alles und jeden als Vakuum betrachtet. Heute Nacht erfuhr ich vom Schicksal von Mike und Marie und

Heidi und Lilac und vielen anderen. Wahrscheinlich werde ich die restlichen Seiten dazu brauchen, über sie zu schreiben, aber das ist gut, denn wenn ich nach Hause komme, will ich mir ein frisches, neues, sauberes Buch besorgen. Du, liebes Tagebuch, wirst meine Vergangenheit sein. Dann wird das, was ich mir zu Hause kaufe, meine Zukunft sein. Und jetzt muss ich mich beeilen und über die Leute schreiben, die ich gerade heute Nacht getroffen habe. Es verblüfft mich einfach, dass so viele Eltern und Kinder Auseinandersetzungen über Haare haben! Meine Eltern haben ständig an meinen Haaren herumgenörgelt. Sie wollten, dass ich sie aufrolle oder schneiden lasse oder nicht über die Augen hängen lasse oder zusammenbinde usw., usw., usw. Manchmal glaube ich, das war unser größter Zankapfel. Im Kaffeehaus traf ich Mike und nachdem ich meine Situation erklärt hatte und meine gegenwärtige Neugier, warum Leute davonlaufen, wurde er sehr mitteilsam und erzählte mir, dass »Haare« auch eines seiner Probleme gewesen war. Sein Vater war tatsächlich so wütend geworden, dass er ihm zweimal mit Gewalt den Kopf und die Koteletten rasiert hat. Mike sagte, seine Eltern hätten ihm alle Freiheit und Entscheidungsmacht genommen. Er wurde entmenschlicht, mechanisiert, gezwungen ein Abbild seines Vaters zu werden. Man erlaubte ihm nicht einmal zu entscheiden, was für Fächer er in der Schule belegen wollte. Er sagte, er interessiere sich für Kunst, aber seine Eltern waren der Meinung, nur Schwächlinge und Landstreicher seien Künstler. Schließlich lief er weg

um seine Persönlichkeit und seinen Verstand zu retten. Ich habe Mike von der Kirche erzählt und von ihren Anstrengungen, zu einer neuen und humanen Übereinkunft zwischen meinen Eltern und mir zu kommen. Ich hoffe, er geht hin.
Dann habe ich mit Alice gesprochen, die stoned auf dem Bürgersteig saß. Sie wusste nicht, ob sie vor etwas davonlief oder zu etwas hinlief, aber sie gab zu, dass sie tief in ihrem Herzen nach Hause wollte.
Die anderen, mit denen ich sprach, jene, die ein Zuhause hatten, schienen alle zurückzuwollen, glaubten aber es nicht zu können, weil es bedeuten würde, dass sie ihre Identität aufgäben. Ich musste an die Hunderttausende denken, die davongelaufen sind und heimatlos umherziehen. Woher kommen sie? Wo finden sie auch nur ein Nachtquartier? Die meisten von ihnen haben weder Geld noch ein Ziel.
Ich glaube, wenn ich aus der Schule komme, werde ich in die Jugendarbeit gehen. Oder vielleicht sollte ich Psychologin werden. Zumindest würde ich verstehen, wie es den Jungen zu Mute ist, und vielleicht könnte ich damit ein wenig wieder gutmachen, was ich meiner Familie und mir selbst angetan habe. Vielleicht war es sogar richtig, all diese Leiden durchzumachen, damit ich gegenüber dem Rest der Menschheit verständnisvoller und toleranter sein kann.
Oh, liebes, wunderbares, vertrauensvolles, freundliches Tagebuch, genau das werde ich tun. Ich werde für den Rest meines Lebens Menschen helfen, die

genauso sind wie ich! Ich fühle mich so gut und glücklich. Endlich habe ich für den Rest meines Lebens eine Aufgabe. Uff! Ich bin auch mit den Drogen fertig. Die harten Sachen habe ich nur ein paar Mal genommen und ich mag sie nicht. Ich mag überhaupt nichts davon. Weder die Aufmöbler noch die Beruhiger. Ich bin fertig mit dem ganzen Mist. Absolut und völlig und für immer, wirklich.

Später
Ich habe gerade gelesen, was ich in den letzten Wochen schrieb, und ich ertrinke in meinen eigenen Tränen, ersticke, tauche unter, werde überflutet, überwältigt. Das sind Lügen! Bittere, böse, verfluchte Lügen! Ich kann unmöglich solche Dinge geschrieben haben! Ich kann unmöglich solche Dinge getan haben! Es war ein anderer Mensch, jemand anders! So muss es gewesen sein! Bestimmt! Jemand Schlechtes und Verdorbenes und Minderwertiges schrieb in mein Buch, nahm von meinem Leben Besitz. Ja, das haben sie getan, nicht wahr! Aber selbst während ich das schreibe, weiß ich, dass ich eine noch größere Lüge erzähle! Oder nicht? Ist mein Verstand versehrt? War es wirklich nur ein Alptraum, der wirklich erscheint? Ich glaube, ich habe Dinge durcheinander gebracht, die wahr sind und die erfunden sind. Alles kann nicht wahr sein. Ich muss verrückt sein.
Ich habe geweint, bis ich fast ausgetrocknet war, aber wenn ich mich eine verrückte Närrin, einen erbärmlichen, wertlosen, elenden, jämmerlichen, gemeinen, Mitleid erregenden, unglücklichen, verlassenen, ge-

quälten, verfolgten, schäbigen, unanständigen, beklagenswerten Menschen heiße, hilft mir das auch nicht. Ich habe die Wahl zwischen zweierlei: ich muss entweder Selbstmord begehen oder versuchen mein Leben dadurch zu rechtfertigen, dass ich anderen helfe. Diesen Weg muss ich einschlagen, denn ich kann nicht noch mehr Schande und Leid über meine Familie bringen. Es gibt nichts mehr zu sagen, liebes Tagebuch, außer dass ich dich liebe und das Leben liebe und Gott liebe. Oh, das stimmt. Ich liebe das alles wirklich.

Tagebuch Nummer zwei

6. April

Welch eine glückliche Zeit ein neues Tagebuch und ein neues Leben zu beginnen. Es ist Frühling. Ich bin wieder daheim bei meiner Familie. Großmutter und Großvater kommen zu einem neuen Wiedersehen mit der verlorenen Tochter. Tim und Alexandra sind ganz wie immer und nichts könnte besser sein! Ich weiß nicht mehr, wer schrieb: »Gott ist in seinem Himmel und alles ist in Ordnung auf der Erde«, aber genau das empfinde ich.
Jeder, der es einmal verzweifelt nötig hatte nach Hause zu kommen, kennt das ungeheure Gefühl wieder in seinem eigenen Bett zu liegen. Mein Kopfkissen! Meine Matratze! Mein alter silberner Handspiegel. Alles wirkt so dauerhaft, so alt und neu zugleich. Aber ich frage mich, ob ich mir jemals wieder völlig neu vorkommen werde. Oder werde ich mich für den Rest meines Lebens fühlen wie eine wandelnde Krankheit???
Wenn ich in der Jugendberatung arbeite, werde ich mir wirklich Mühe geben die Leute davon zu überzeugen, dass Drogen den ganzen Krampf nicht wert sind. Klar, es ist großartig und toll auf Trips zu gehen, das werde ich nie leugnen können. Es ist aufre-

gend und farbig und gefährlich. Aber es lohnt sich einfach nicht! Von nun an werde ich täglich fürchten wieder schwach zu werden und mich in etwas zu verwandeln, was ich einfach nicht sein will! Ich werde jeden Tag in meinem Leben dagegen ankämpfen müssen und ich hoffe, Gott wird mir dabei helfen. Ich hoffe, ich habe niemandes Leben dadurch ruiniert, dass ich nach Hause gekommen bin. Ich hoffe, dass es für Tim und Alexa nicht besser wäre, wenn ich fortgeblieben wäre.

7. April

Heute haben Tim und ich einen langen Spaziergang durch den Park gemacht. Ich habe mit ihm ehrlich über Drogen gesprochen, immerhin ist er dreizehn und kennt Leute in der Schule, die Pot rauchen. Natürlich habe ich ihm nicht die Einzelheiten aus meiner Vergangenheit erzählt, aber wir haben über die wichtigen Dinge im Leben gesprochen wie Religion und Gott und unsere Eltern und die Zukunft und den Krieg und all die Dinge, über die die Leute reden, wenn sie stoned sind. Es war ungewohnt und wirklich schön. Tim hat eine so klare, anständige, ehrenwerte Haltung gegenüber dem Leben. Ich bin froh, dass er mein Bruder ist. Ich bin stolz darauf, dass er mein Bruder ist! Ich bin dankbar, dass er sich mit mir sehen lässt. Ich bin sicher, dass es für ihn peinlich ist, denn alle wissen, dass ich geschnappt wurde und fortgelaufen bin. Junge, was habe ich aus meinem Leben gemacht! Tim und ich können miteinander reden und er sagt, er kann ziemlich gut die

Kluft zwischen sich und Mutter und Vater überbrücken. Er betrachtet ihre Position als Eltern mit viel Toleranz und versucht die Dinge von ihrem Standpunkt aus zu sehen. Er ist wirklich ein ganz besonderer Mensch. Ich frage mich, inwieweit ich für seine reifen Ansichten verantwortlich bin. Ich weiß, dass er viel nachgedacht haben muss, als ich vermisst war und Mutter und Vater vor Sorge und Angst und Furcht fast ihren Verstand verloren haben. Oh, was bin ich für ein Idiot gewesen.

8. April

Heute sind Großmutter und Großvater angekommen. Wir haben sie am Flughafen abgeholt und ich habe geweint wie eine große Heulsuse. Sie wirken so gealtert und ich weiß, dass ich zum großen Teil dafür verantwortlich bin. Großvater ist völlig grau und Großmutters Gesicht ist von tiefen Furchen durchzogen, die das letzte Mal, als ich sie sah, noch nicht da waren. Kann ich das alles in einem Monat getan haben! Auf der Heimfahrt im Wagen kratzte Großvater meinen Rücken wie damals, als ich ein kleines Mädchen war, und flüsterte mir zu, dass ich nur mir selbst vergeben müsse. Er ist ein so netter Mann und ich werde mich wirklich anstrengen, obwohl ich weiß, dass es nicht leicht sein wird. Ich muss versuchen sie wieder stolz auf mich zu machen.

Später
Ich konnte nicht schlafen, darum stand ich auf und ging ums Haus. Alexas Katze hat einen Wurf kleiner Kätzchen und ich setzte mich auf die Veranda und sah ihnen nur zu. Es war eine Offenbarung! Ohne Drogen! Ohne irgendwas außer den Kätzchen, deren Fell wie alle Weichheit dieser Welt ist. Es war so zart, dass ich bei geschlossenen Augen nicht sicher war, ob ich es überhaupt berührte. Ich drückte die kleine Graue, die Glück heißt, an mein Ohr und fühlte die Wärme in ihrem winzigen Körper und hörte ihr unglaubliches Schnurren. Dann versuchte sie mein Ohr zu streicheln und das Gefühl in mir wurde so stark, dass ich glaubte, ich müsse zerspringen. Es war besser als ein Trip, Tausend Mal besser, Millionen Mal, Billionen Mal. Diese Dinge sind wirklich! Diese Weichheit war keine Halluzination; die Geräusche der Nacht, die Autos, die vorbeisurrten, die Grillen. Ich war wirklich dort. Ich hörte es! Ich sah es und ich fühlte es, und so wünsche ich mir das Leben immer! Und so wird es sein!

9. April

Heute ging ich wieder in die Schule und wurde sofort zum Rektor gerufen. Er teilte mir mit, dass er einen Bericht über mein Verhalten habe und dass ich ein widerliches Beispiel junger amerikanischer Weiblichkeit sei. Dann sagte er mir, dass ich völlig egoistisch, undiszipliniert und unreif sei und dass er keinerlei Fehlverhalten meinerseits dulden werde.

Dann schickte er mich in meine Klasse wie Abfall, den man in den Mülleimer wirft. Was für ein Hampelmann!
Wenn ich jemals irgendwelche Zweifel hatte über meine spätere Arbeit auf psychiatrischem und pädagogischem Gebiet, dann sind sie jetzt vergangen. Junge Leute brauchen verständnisvolle, zuhörende, Anteil nehmende Individuen. Sie brauchen mich! Die kommende Generation braucht mich! Und dieser arme, dumme, idiotische Mann, der vielleicht Hunderte aus der Schule geworfen hat, bedeutet für mich eine persönliche Herausforderung. Er mag andere vertreiben, aber nicht mich! Ich habe heute Abend vier Stunden lang gelernt und ich werde meinen dummen Kopf kaputtlernen, bis ich alles aufgeholt habe. Selbst wenn ich dazu sieben oder acht Stunden in der Nacht brauche!
Bis später.

10. April

Jetzt, wo ich ein Ziel habe, komme ich mir viel stärker vor. Tatsächlich fühle ich mich täglich stärker. Vielleicht kann ich jetzt den Drogen wirklich widerstehen, statt mich wie zuvor selbst zu betrügen.

11. April

Liebes Tagebuch,
ich möchte das nicht niederschreiben, weil ich es wirklich für immer aus meinem Gedächtnis löschen möchte, aber ich bin so entsetzt, dass es vielleicht

weniger furchtbar erscheint, wenn ich es dir erzähle. Oh, Tagebuch, bitte hilf mir. Ich habe Angst. Ich habe solche Angst, dass meine Hände feucht sind und ich wirklich zittere.

Ich nehme an, ich muss ein Flashback* gehabt haben, denn ich saß auf meinem Bett und plante Mutters Geburtstag, dachte gerade darüber nach, was ich für sie kaufen wollte und dass es eine Überraschung sein müsste, als mein Geist ganz wirr wurde. Ich kann es nicht richtig erklären, aber es schien, als rolle der Verstand rückwärts, ganz von selbst, und ich konnte nichts tun um ihn aufzuhalten. Das Zimmer wurde rauchig und ich dachte, ich sei in einer Hasch-Bude. Wir standen alle herum und lasen die Anzeigen über gebrauchten Trödel und jede vorstellbare Art von Sex. Und ich fing an zu lachen. Ich fühlte mich großartig. Ich war der höchste Mensch auf der Welt und ich schaute herab auf alle anderen, und die ganze Welt bestand aus seltsamen Winkeln und Schatten.

Dann plötzlich veränderte sich alles zu einer Art Untergrundfilm. Er lief ganz langsam und träge und die Beleuchtung war wirklich gespenstisch. Nackte Mädchen tanzten umher und liebten Statuen. Ich erinnere mich an ein Mädchen, das seine Zunge über eine Statue gleiten ließ, und er wurde lebendig und nahm sie mit in das hohe, blaue Gras. Ich konnte nicht wirklich sehen, was geschah, aber er besorgte es ihr

---

* Nachrausch, tritt ein ohne neue Einnahme von Drogen, häufig verbunden mit panischen Angstzuständen, Fehlhandlungen und Verzweiflungsakten wie Selbstmordversuchen

offenbar. Mir war so sexy zu Mute, dass ich am liebsten weit aufgebrochen und ihnen nachgelaufen wäre. Aber als Nächstes erinnere ich mich daran, dass ich wieder auf der Straße war und bettelte, und wir riefen alle den Touristen nach: »Sehr gütig von Ihnen. Ich hoffe, Sie haben heute Nacht einen netten Orgasmus mit Ihrem Hund.«

Dann hatte ich das Gefühl, ich ersticke, und ich war oben im blendenden Glanz sich drehender Lichter und Leuchtfeuer. Alles ging rund herum. Ich war eine Sternschnuppe, ein Komet, der durchs Firmament stach, durch den Himmel strahlte. Als ich endlich wieder zu mir kam, lag ich nackt auf dem Boden. Ich kann es immer noch nicht glauben. Was geschieht mit mir? Ich lag nur auf meinem Bett, dachte über den Geburtstag meiner Mutter nach, hörte Schallplatten, und bammm!

Vielleicht war es kein Flashback. Vielleicht bin ich schizophren. So fängt das oft bei Teenagern an, wenn sie den Kontakt mit der Realität verlieren, oder nicht? Was es auch ist, ich bin völlig durcheinander. Ich habe noch nicht einmal die Kontrolle über meinen Geist. Die Worte, die ich schrieb, als ich weg war, sind nur gekrümmte kleine Linien und Zeilen mit einer Menge dreckiger Zeichen und Symbole dazwischen. Oh, was soll ich tun? Ich brauche jemand, mit dem ich reden kann. Den brauche ich wirklich und wahrhaftig und verzweifelt. Oh, Gott, bitte hilf mir. Ich bin so ängstlich und so kalt und so allein. Ich habe nur dich, Tagebuch. Du und ich, welch ein Paar.

Später
Ich habe ein paar Mathematikaufgaben gemacht und sogar einige Seiten gelesen. Wenigstens kann ich immer noch lesen. Ich lernte ein paar Zeilen auswendig und mein Verstand scheint jetzt ziemlich gut zu funktionieren. Ich habe auch ein paar Turnübungen gemacht und ich meine, ich habe Kontrolle über meinen Körper. Aber ich wollte, ich hätte jemand, mit dem ich reden kann, jemand, der weiß, was geschieht und was geschehen wird. Aber ich habe niemand, also muss ich diese Sache vergessen. Vergessen, vergessen, vergessen und nicht zurückschauen. Ich werde mich weiter um Mutters Party kümmern. Vielleicht kann ich Tim und Alexa dazu bekommen, nach der Schule in eine frühe Kinovorstellung mit ihr zu gehen, und dann kann ich ein köstliches Essen fertig auf dem Tisch haben, wenn sie nach Hause kommen. Bitte, Gott, lass mich es vergessen und lass es nicht noch mal geschehen. Bitte, bitte, bitte.

12. April

Ich habe heute viel getan und ich habe nicht einmal daran gedacht. Ich glaube, ich werde mir für morgen so die Haare machen, wie es Mutter gefällt. Darüber sollte sie sich freuen.

13. April

Es war ein wunderschöner Geburtstag. Tim und Alexa gingen mit Mutter in eine frühe Kinovorstellung, die ihr wohl noch besser gefallen hat als ihnen.

Vater musste bis spät im Büro bleiben und darüber war ich froh, denn ich wäre schrecklich befangen gewesen mit ihm in der Küche und ich ganz ohne Ahnung, aber so ist alles einfach herrlich geworden. Das Hähnchen sah aus wie in der Frauenzeitschrift, nur noch besser, weil es auch gut roch, und die Spargel waren gut und zart und die Brötchen genau wie die von Großmutter. Ich wollte wirklich, sie wäre hier gewesen, sie hätte stolz auf mich sein können. Außerdem gab es einen Cocktail aus frischem Obst und verwelkten Salat mit Schinkensauce, er war ein bisschen zu verwelkt, tatsächlich war er viel zu verwelkt, aber alle taten, als merkten sie es nicht, und Vater neckte mich und sagte, er wäre nicht überrascht, wenn ich eines Tages für irgendeinen jungen Mann eine gute Ehefrau abgebe. Ich hoffe, er hat die Tränen in meinen Augen nicht bemerkt, denn ich möchte so gern genau das!

Zum Nachtisch aßen wir nur frisches Pfirsicheis, mit tiefgekühlten Pfirsichen garniert, und die ganze Sache war wirklich ziemlich großartig, vor allem, weil es die erste vollständige Mahlzeit war, die ich je allein gekocht habe. Alexa hat Mutter eine kleine Tonschale für Bonbons gemacht, die wie ihre Hand geformt ist. Sie ist wirklich hübsch, besonders weil Alexa sie mit Hilfe ihrer Pfadfinderführerin gebrannt hat, und alles, ohne dass Mutter etwas davon wusste. Früher war ich irgendwie eifersüchtig auf Alexa und ich glaube, ich war ziemlich feindselig ihr gegenüber, obwohl ich sie liebte. Aber jetzt ist es anders. Ich fühle wirklich, wie etwas Neues und Wunderbares und Aufregendes in mir wächst. Vielleicht bekommen die Menschen auf diese Weise Extra-Liebe, damit sie ausreicht für jedes Kind, das geboren wird? Oh, ich hoffe, dass eines Tages jemand mich heiraten will.

14. April

Heute Morgen bin ich sehr früh aufgestanden, damit ich ein langes, geruhsames Bad nehmen konnte, bevor Tim und Alexa an die Badezimmertür hämmerten. Es war großartig. Ich liebe es, mir Zeit zu lassen und das Leben zu genießen. Nachdem ich meine Beine und Achselhöhlen rasiert hatte, betrachtete ich wirklich zum ersten Mal in meinem Leben meinen Körper kritisch. Es ist ein hübscher Körper, aber der Busen ist etwas zu klein. Ob es helfen würde, wenn ich turne? Aber dann hätte ich wahrscheinlich Angst, mit der Zeit wie eine Jersey-Kuh auszusehen. Ich bin froh, dass ich ein Mädchen bin. Ich habe sogar meine Periode gern. Ich glaube, ich wollte nie ein Junge sein. Viele Mädchen wünschen, sie wären Jungen, aber ich nicht. Ich kann kaum glauben, dass ich einmal so durcheinander war, dass ich nicht wusste, was ich war. Oh, ich wollte, ich könnte diese ganze verkommene Vergangenheit auslöschen. Ich weiß, Großvater hat Recht. Ich muss vergeben und vergessen, aber ich kann es einfach nicht. Ich kann es nicht! Wenn ich an die angenehmsten Dinge denke, flutet die schwarze hässliche Vergangenheit herein wie ein Alptraum. Und schon hat sie mir den ganzen Tag verdorben.

(?)

Weißt du was? Deine geniale Freundin hat heute ihre Englischprüfung fehlerfrei bestanden. Ich weiß es, weil sie so leicht war, und ich glaube, ich habe es in Mathematik fast ebenso gut geschafft. Vielleicht habe ich zwei oder drei Aufgaben falsch, aber ich weiß, dass es nicht mehr sein können. Ist das nicht aufregend?

19. April

Verflixt! Es hat wieder angefangen! Ich traf Jane in der Stadt und sie lud mich für heute Abend zu einer »Party« ein. Niemand glaubt, dass ich wirklich sauber bleiben will, denn die meisten, die zuvor geschnappt wurden, sind jetzt nur vorsichtiger und diskreter. Als ich zu Jane »Nein, danke« sagte, lächelte sie bloß! Es hat mich zu Tode geängstigt. Sie sagte überhaupt nichts. Sie lächelte nur, als wollte sie sagen: »Wir wissen, dass du wiederkommen wirst.« Oh, ich hoffe nicht. Ich hoffe wirklich nicht.

21. April

George grüßt mich so kühl wie möglich. Es ist völlig klar, dass er wirklich sauber ist und auf keine Weise mit einem Hascher oder Süchtigen in Verbindung gebracht werden will. Alle Leute in der Schule wissen ziemlich genau, wer sauber ist und wer nicht, und ich möchte zu den sauberen Leuten gehören, aber ich weiß nicht, wie ich das bei meinem Ruf machen soll.

Mutter und Vater könnte ich das nicht erzählen, aber ich würde wirklich mal gern wieder mit einem Jungen ausgehen. Ich meine nicht mit einem von der Hasch-Clique, sondern mit einem netten. Ich würde gern im Kino sitzen und den Arm eines Jungen um meine Schultern spüren. Aber wie soll das je möglich sein mit einem netten Jungen? Jeder weiß, dass Sex und Shit* zusammengehören, und was mich angeht, so sind sie einfach eine Gruppe gesellschaftlicher Aussätziger – und so empfinden es auch die anständigen Leute.

Das Traurige ist nur, dass ich immer noch als eine der Ihren angesehen werde, und so wird es wohl immer bleiben! Es ist merkwürdig, mit wie vielen Leuten ich schon geschlafen habe, und doch kommt es mir vor, als hätte ich noch überhaupt keinen Sex erlebt. Ich wünsche mir immer noch jemanden, der nett zu mir ist und mir nur einen Gutenachtkuss an der Tür gibt. Das ist zum Totlachen! Oh, Tagebuch, vergib mir. Ich versuche so sehr eine positive Einstellung zu finden, aber ich kann es nicht. Ich kann es nicht. Nur dir kann ich meine Seele wirklich öffnen. Ich möchte zurückgehen und alles auslöschen und noch einmal von vorn anfangen. Doch innerlich bin ich alt und hart und vielleicht bin ich verantwortlich dafür, dass ich weiß nicht wie viele Kinder aus der Grund- und Hauptschule jetzt an dem Zeug hängen, und vielleicht haben sie noch andere verführt. Wie kann Gott mir je vergeben? Warum sollte er es wollen? Ich glaube, ich nehme lieber ein Bad, bevor

* Haschisch und Marihuana

meine Eltern diese dummen, verrückten Schluchzer hören, die ich nicht mehr unterdrücken kann.
Danke fürs Zuhören.

24. April

Die anderen haben wirklich angefangen mich zu verfolgen. Heute hat mich Jane zweimal im Flur angerempelt und mich Brave Bertha und Keusche Katrine genannt. Diesmal reicht es mir wirklich und wenn ich anfange zu deprimiert zu werden, dann bitte ich einfach Mutter und Vater mich in eine andere Schule zu schicken. Aber das Problem ist, wo könnte ich hingehen, ohne dass jemand meine Geschichte entdeckt? Und wie könnte ich Mutter und Vater alles erzählen, damit sie mich die Schule wechseln lassen? Oh, ich weiß wirklich nicht, was ich tun soll. Ich habe sogar angefangen jeden Abend zu beten wie früher, als ich klein war, aber jetzt sage ich nicht nur die Worte, ich bettle. Ich flehe.
Gute Nacht, Tagebuch.

27. April

Es ist schrecklich keine Freunde zu haben. Ich bin so einsam und so allein. Ich glaube, an Wochenenden ist es noch schlimmer als während der Woche, aber ich weiß es nicht. Es ist immer ziemlich schlimm.

28. April

Heute habe ich ein paar Arbeiten zurückbekommen und keine Note ist schlechter als zwei plus. Ich habe auch eine statistische Untersuchung über junge Leute und Drogen angefangen. Ich werde dir davon erzählen, wenn ich nicht mehr jede Minute mit Lernen verbringen muss.

1. Mai

Großvater hatte einen Schlaganfall. Es ist in der Nacht passiert und Mutter und Vater fliegen heute zu ihm. Wenn wir von der Schule nach Hause kommen, werden sie schon fort sein. Sie sind so lieb. Sie haben sich mehr Sorgen darüber gemacht, mich allein zu lassen, als über alles andere. Sicher wissen sie, wie einsam und frustriert ich bin, und sicher tut es ihnen innerlich weh wie mir, wenn ich an Großvater denke. Früher dachte ich immer, ich sei die Einzige, die Dinge empfindet, aber in Wirklichkeit bin ich nur ein unendlich kleiner Teil einer leidenden Menschheit. Es ist gut, dass die meisten Menschen nur innerlich bluten, sonst hätten wir wirklich eine mörderische, blutbeschmierte Erde.
Großmutter wird so einsam sein, wenn Großvater stirbt. Ich kann mir sie ohne ihn gar nicht vorstellen. Es wäre, als schnitte man einen ganzen Menschen entzwei. Der liebe alte Großvater, er nannte mich immer seinen Fünf-Sterne-General. Ich glaube, ich schreibe ihm, bevor ich in die Schule gehe, und unterschreibe mit »Großvaters Fünf-

Sterne-General«. Niemand wird wissen, was ich meine, außer ihm.
Tschüs jetzt.

(?)

Vater hat gerade angerufen um zu erfahren, ob es uns gut geht, und uns zu sagen, dass es um Großvater schlimm steht. Er ist jetzt bewusstlos und wir sind alle ziemlich durcheinander, vor allem Alexa. Als ich ihr Gute Nacht sagte und ihr noch einen Kuss gab, wie es Mutter immer tut, fragte sie, ob sie zu mir ins Bett kriechen dürfe, wenn sie sich in der Nacht fürchte. Süßes kleines Ding. Aber was sagt man jemandem, wenn ihm elend zu Mut ist und es keine Antworten gibt???
Dann ging ich in Tims Zimmer und sagte ihm Gute Nacht. Auch er ist ziemlich durcheinander und wir sind wohl alle in schrecklichem Zustand, selbst Vater.

4. Mai

Tim und Alexa und ich standen alle zur gleichen Zeit auf und brachten unsere Zimmer in Ordnung und machten unser Frühstück und spülten zusammen das Geschirr. Wir waren wirklich ziemlich tüchtig, auch wenn es nicht glaubhaft klingt.
Ich muss in die Schule, aber heute Abend werde ich weiterschreiben, wenn etwas Großartiges oder Trauriges passiert.

21.50 Uhr
Vater hat angerufen, aber es hat sich nichts geändert. Großvater geht es etwas schlechter, aber er hält noch immer durch. Niemand kann wirklich sagen, wie es mit ihm weitergehen wird. Ich nehme aber an, es ist ziemlich kritisch. Alexa hat sich an mich geklammert und geweint. Ich würde auch am liebsten weinen. Das Haus wirkt so groß und einsam und ruhig ohne Mutter und Vater.

5. Mai

Großvater ist über Nacht gestorben. Übermorgen wird Dr. – von der Universität Tim und Alexa und mich zum Flughafen bringen und dann fliegen wir zu seiner Beerdigung. Es erscheint unglaublich, dass ich Großvater nie mehr sehen werde. Ich frage mich, was mit ihm geschehen ist. Ich hoffe, er ist nicht einfach kalt und tot. Ich kann mich an den Gedanken nicht gewöhnen, dass Großvaters Körper von Würmern und Maden zerfressen wird. Ich kann einfach nicht daran denken. Vielleicht bewirkt die Balsamierungsflüssigkeit, die man jetzt verwendet, dass der Körper sich einfach in Staub auflöst. Oh, ich hoffe es.

8. Mai

Ich konnte nicht glauben, dass es wirklich Großvater war, der da im Sarg lag. Es war einfach ein müdes, ausgelaugtes, mit Haut bedecktes Skelett. Oh, ich habe tote Frösche und Vögel und Eidechsen und

Osterküken gesehen, aber das war ein Schock! Es wirkte unwirklich. Es war fast wie ein schlechter Trip. Ich bin so dankbar, dass ich nie einen hatte. Aber vielleicht hätte ich nie mehr etwas genommen, wenn mein erster Trip so gewesen wäre. In dieser Hinsicht wollte ich, ich hätte einen gehabt. Großmutter wirkte so ruhig und liebevoll. Sie hatte einen Arm um meine Schulter gelegt, den anderen um Alexandra. Prächtige, starke Großmutter, selbst während der langen, langen, langen, langen Beerdigung hat sie nicht geweint. Sie saß nur da mit gesenktem Kopf. Es war seltsam und fast gespenstisch, aber mir kam es vor, als säße Großvater neben ihr. Ich habe später mit Tim darüber gesprochen und er empfand das Gleiche.
Das Schlimmste war, als sie Großvaters Leiche in die Erde senkten. Das war absolut das Schlimmste auf der ganzen Welt. Alexandra und ich weinten, obwohl das sonst niemand aus der Familie tat. Ich versuchte so stark und beherrscht zu sein wie sie, aber ich konnte es einfach nicht. Mutter und Großmutter und Vater wischten sich gelegentlich die Augen und Tim schnaubte ständig und Alexa ist schließlich ein kleines Mädchen, aber ich, natürlich habe ich wieder eine große Szene gemacht!

9. Mai

Großmutter fährt heute Abend mit uns nach Hause und bleibt bis zu den Ferien. Dann werde ich mit ihr zurückkommen und ihr bei den Umzugsvorbereitungen helfen. Sie zieht zu uns, bis sie in der Nähe eine kleine Wohnung gefunden hat.

Ich glaube, ich war noch nie in meinem Leben so müde. Ich kann mir noch nicht einmal vorstellen, wie Großmutter sich aufrecht hält, denn ich kann mich kaum noch bewegen. Wir sehen alle aus, als wären wir lange krank gewesen. Selbst die kleine Alexa ist kaputt. Ich frage mich, wie lange wir brauchen, um uns an ein Leben ohne Großvater zu gewöhnen? Werden wir je wieder dieselben werden? Wie wird es die liebe, prächtige Großmutter schaffen? Wenn sie in ihre neue Wohnung zieht, werde ich sie oft besuchen und mit ihr ins Kino gehen oder lange Spaziergänge machen und solche Dinge.

12. Mai

Heute Morgen schaute ich aus dem Fenster und sah frisches Grün aus der Erde sprießen und da fing ich wieder unbeherrschbar zu weinen an. Ich verstehe die Auferstehung wirklich nicht. Ich kann noch nicht einmal begreifen, wie Großvaters Körper, der zerfallen und verfaulen und verschimmeln und in kleine Krümel sich zersetzen wird, jemals wieder ganz werden soll. Aber ich kann auch nicht verstehen, wie eine braune, ausgetrocknete, runzelige kleine Gladiolenzwiebel neu blühen kann. Wahrscheinlich kann Gott Atome und Moleküle und Körper wieder zusammenfügen, wenn eine Gladiolenzwiebel ohne Gehirn das kann. Dieser Gedanke macht, dass es mir sehr viel besser geht. Ich weiß nicht, wie ich erwarten konnte den Tod zu verstehen, wenn ich noch nicht einmal Fernsehen oder Elektrizität oder Stereo verstehen kann. Ich

verstehe tatsächlich so wenig, dass ich noch nicht einmal weiß, wie ich existiere.
Ich habe einmal irgendwo gelesen, dass der Mensch weniger als ein Zehntel (glaube ich) seiner Gehirnkapazität ausnutzt. Man muss sich das vorstellen: neunzig Prozent mehr Denkfähigkeit zu haben und sie ganz auszunutzen. Das wäre einfach großartig! Welch ein wunderbarer Planet wäre das, wenn die Köpfe um so viel leistungsfähiger wären als jetzt!

14. Mai

In der letzten Nacht hatte ich einen Alptraum, in dem Großvaters Leiche voller Maden und Würmer war, und ich dachte daran, was geschehen würde, wenn ich sterben sollte. Würmer unter der Erde machen keine Unterschiede. Es wäre ihnen gleichgültig, dass ich jung bin und dass mein Fleisch fest und kräftig ist. Zum Glück hörte meine Mutter mich stöhnen und kam herein und half mir mich zusammenzunehmen. Dann machten wir uns heiße Milch, aber ich zitterte immer noch und konnte ihr nicht erzählen, was geschehen war. Sicher dachte sie, es hätte etwas zu tun mit meinem Davonlaufen, aber ich konnte es ihr nicht sagen, weil das noch schrecklicher war.
Ich fröstelte auch noch nach der Milch, also zogen wir unsere Schuhe an und gingen in den Garten. Selbst mit unseren Morgenmänteln über den Schlafanzügen war es kühl, aber wir sprachen über viele Dinge, auch darüber, dass ich Sozialarbeiterin oder etwas Ähnliches auf diesem Gebiet werden möchte, und Mutter freute sich sehr, dass ich anderen Men-

schen helfen will. Sie ist wirklich sehr verständnisvoll. Jeder sollte so viel Glück haben wie ich.

15. Mai

Ich muss mich dazu zwingen, in der Schule aufzupassen. Ich wusste nicht, dass der Tod die Menschen so mitnimmt. Ich komme mir immer noch völlig ausgelaugt vor und muss mich zu allem, was ich tue, zwingen.

16. Mai

Heute hat Vater mich zu einer Anti-Kriegs-Demonstration in der Universität mitgenommen. Er ist sehr besorgt und beunruhigt wegen der Studenten und er sprach mit mir, als wäre ich erwachsen. Ich habe es richtig genossen. Vater ist nicht so besorgt wegen der militanten Studenten (denen man seiner Meinung nach hart entgegentreten soll) als wegen der anderen, die leicht zu falschem Denken zu verführen sind. Auch ich mache mir ihretwegen Sorgen. Ich mache mir seinetwegen Sorgen!
Später gingen wir zu Dr. –, der sich auch Gedanken macht über die junge Generation. Er sprach viel darüber, wohin die Jungen streben, und dann zitierte er einige Statistiken, die mich wirklich überraschten. Ich kann mich nicht an alles erinnern, was er sagte, denn er sprach so rasch, aber unter anderem ging es darum: tausend junge Leute im College-Alter begehen jährlich Selbstmord und weitere neuntausend versuchen es.

Geschlechtskrankheiten haben unter Leuten meines Alters um 25 Prozent zugenommen und auch die Zahl der Schwangerschaften steigt trotz der Pille. Er sagte auch, dass Kriminalität und psychische Krankheiten unter jungen Leuten haushoch angestiegen seien. Tatsächlich war alles, was er sagte, noch schlimmer als das Vorausgegangene.

Als wir gingen, wusste ich nicht, ob ich mich weniger schuldbewusst fühlte über das, was ich getan habe, weil so viele andere das Gleiche tun, oder ob mir schlimmer zu Mute war, weil alle auf einmal verrückt werden. Aber um dir die Wahrheit zu sagen, ich glaube wirklich nicht, dass die Jungen daran Schuld sind, dass sie durchdrehen, zumindest nicht allein. Die Erwachsenen scheinen nicht viel besser dran zu sein. Tatsächlich weiß ich keinen Menschen, den ich mir als Präsidenten wünschen würde, außer Vater, der mit mir als Tochter nie gewählt werden würde.

19. Mai

Na, heute wurde ich wieder ganz schön aufgescheucht. Jemand hat einen Joint in meine Handtasche getan und ich bekam solche Angst. Ich musste meine nächste Stunde schwänzen und mit einem Taxi zu Vaters Büro fahren.

Ich verstehe einfach nicht, warum sie mich nicht in Ruhe lassen! Warum verfolgen sie mich so? Macht meine Existenz sie nervös? Ich glaube es wirklich. Ich glaube wirklich, dass sie mich vernichten oder ins Irrenhaus schicken wollen. Es ist, als hätte ich einen riesigen Spionagering entdeckt und dürfte darum nicht am Leben bleiben!

Vater sagte, ich müsse stark und erwachsen sein. Er hat lange mit mir geredet und ich bin wirklich dankbar, dass er sich um mich kümmert, aber ich weiß, dass er ihre Motive nicht besser versteht als ich. Außerdem weiß er nichts über Richie und Lane und die anderen. Er sagte, die ganze Familie stehe hinter mir. Aber was hilft mir das, wenn die ganze Welt gegen mich ist? Es ist wie der Tod von Großvater. Jeder empfindet das als wirklich schrecklich, aber niemand kann etwas tun, auch ich nicht!

20. Mai

Ich bin wieder in die Lernmühle eingespannt, das hilft. Zumindest lenkt es mich von du weißt schon was ab.

21. Mai

Großmutter ist krank, aber Mutter meint, es sei einfach die Reaktion. Ich hoffe, das stimmt, denn sie sieht wirklich schrecklich aus. Oh, ich habe beinah etwas vergessen. Vater hat mir die Erlaubnis zur Benutzung der Universitätsbibliothek besorgt und heute bin ich zum ersten Mal hingegangen. Es macht wirklich Spaß. Ich kam mir sehr erwachsen vor und viele Leute glauben, ich studiere schon. Ist das nicht komisch?

22. Mai

Heute habe ich einen Jungen in der Bibliothek kennen gelernt. Er heißt Joel Reems und er ist im ersten Semester. Wir haben gemeinsam gelernt, dann hat er mich zu Vaters Büro begleitet. Vater hatte noch zu tun, also setzten wir uns auf die Treppe vor seinem Gebäude und warteten auf ihn. Ich habe beschlossen Joel gegenüber nicht anzugeben, sondern ihm einfach die Wahrheit über mich zu sagen, ob sie ihm nun gefällt oder nicht (nun, fast die Wahrheit). Ich habe ihm gesagt, dass ich erst sechzehn bin und wegen meinem Vater die Bibliothek benutzen darf. Er ist wirklich ein sehr netter Kerl, denn er lachte nur und sagte, das sei ganz in Ordnung, weil er mich in diesem Semester sowieso noch nicht heiraten wolle. Als Vater herauskam, setzte er sich zu uns auf die Treppe und wir drei redeten, als hätten wir uns schon immer gekannt. Es war großartig! Bevor Joel ging, fragte er mich, wann ich wieder lernen würde, und ich sagte, ich verbringe alle meine wachen Stunden mit Lernen, was ihm zu gefallen schien.

23. Mai

Lieber Vater, wahrscheinlich sollte ich wütend auf ihn sein, aber ich bin es nicht! Er ist hingegangen und hat Joels Papiere eingesehen und mir alles über ihn erzählt. Die Vorstellung hat mir wirklich Spaß gemacht, wie Vater um die Akten herumschleicht und Informationen für mich zusammensucht. Auf jeden Fall ist Joel ein überdurchschnittlich begabter Stu-

dent, der zur Universität geht, obwohl er kaum achtzehn Jahre alt ist. Sein Vater ist tot und seine Mutter geht in eine Fabrik, und er arbeitet täglich sieben Stunden als Hausmeister in der Schule. Er arbeitet von Mitternacht bis sieben Uhr jeden Morgen, und am Montag, Mittwoch und Freitag hat er um neun seine ersten Vorlesungen. Ein ganz schöner Stundenplan!
Vater hat mich gewarnt ihn am Lernen zu hindern, und ich habe es versprochen. Aber wenn er mich jeden Nachmittag (sogar Samstag) von der Bibliothek zu Vaters Büro begleiten will, dann glaube ich nicht, dass das schlimm sein könnte, oder?

Abends
Joel hat mich zu Vaters Büro begleitet. Und es war fast wie eine Verabredung! Unsere Worte überstürzten sich und wir lachten und schwatzten beide zugleich. (Es war sehr chaotisch und sehr nett.) Joel sagte, er habe nie viel Zeit für Mädchen gehabt, und er verstehe nicht, wieso ich so viel über ihn zu wissen scheine. Ich sagte ihm, dass Frauen sehr viel Einfühlungsvermögen hätten, das sei alles. Und Geschick!

25. Mai

Joel hat mich heute Abend wieder zu Vaters Büro begleitet. Und es war nicht mein Vorschlag, aber Vater hat ihn für morgen zum Abendessen eingeladen. Mutter sagte, ihr sei es recht, und ich weiß, dass sie ihn gern kennen lernen möchte, weil Vater mich seinetwegen aufgezogen hat.

26. Mai

Ich bin von der Schule nach Hause gerast und habe Mutter beim Saubermachen geholfen, als käme der König der Welt, und ich habe nachgesehen, ob wir alle Zutaten für Orangen-Hefebrötchen haben, meine eigene Spezialität. Ich kann es nicht abwarten! Ich kann es nicht abwarten!

Später
Joel ist gerade gegangen, es war ein fantastischer Abend. Ich weiß nicht, warum ich das sage, denn er und Vater waren fast die ganze Zeit zusammen. Ich nehme an, es hat damit zu tun, dass sein Vater starb, als er sieben war, aber sie hatten wirklich eine gute Beziehung zueinander. Selbst Tim schien fasziniert, während sie miteinander redeten, besonders über Joels Ausbildungsmöglichkeiten. (Ich glaube, Tim macht schon Pläne für sein Studium. Schon!)
Meine Orangenbrötchen waren tadellos, selbst Großmutter sagte, sie hätte sie nicht besser machen können, und Joel aß sieben! Sieben! Und er sagte, er würde eine Tasche voll mit nach Hause nehmen fürs Frühstück, wenn noch welche übrig wären. Natürlich glaube ich, er hätte das nicht gesagt, wenn wirklich welche übrig geblieben wären. Er ist ziemlich zurückhaltend. Ich glaube, ich werde Mutter fragen, ob ich ihm ein Blech voll backen darf, die er dann bei Vater im Büro abholt.

29. Mai

Oh, Tagebuch, was glaubst du, was passiert ist? Beim Abendessen hat Vater uns die herrlichsten Neuigkeiten erzählt! (Und das tat er so ganz nebenbei.) Er wird versuchen ein Stipendium für Joel zu bekommen. Er sagt, er sei ziemlich sicher, dass er es tun könne, aber es wird Zeit in Anspruch nehmen und ich soll nicht davon reden, bis alles klargeht. Ich hoffe, ich kann schweigen. In solchen Dingen bin ich nicht besonders gut.
P. S. In der Schule scheint alles in Ordnung zu sein. Niemand spricht mit mir, aber es bedrängt mich auch niemand. Wahrscheinlich kann man nicht alles haben.

1. Juni

Gestern wurde Großmutters Haus verkauft und die Spediteure haben alle ihre Sachen verpackt und eingelagert. Als sie davon erfuhr, brach sie zusammen und weinte. Es ist das erste Mal, dass ich sie wirklich weinen sah. Ich glaube, dass Großvater fort ist und jetzt das Haus, in dem sie fast ihr ganzes Leben lang gewohnt hat, lässt alles so endgültig erscheinen.

Später
Ich frage mich, ob Joel mich wirklich mag? Ob er mich für süß oder hübsch oder anziehend hält! Ob ich ihm wie ein Mädchen vorkomme, das ihm etwas Ernstes bedeuten könnte? Ich hoffe, er mag mich, denn ich mag ihn sehr. Tatsächlich glaube ich, dass ich ihn wirklich liebe . . .

Mrs. Joel Reems
MRS. JOEL REEMS
Mr. und Mrs. Joel Reems
Dr. und Mrs. Joel Reems
Sieht das nicht gut aus!

2. Juni

Mrs. Larsen hat gerade angerufen und gesagt, dass Jane versprochen habe ihr Baby zu hüten, aber in der letzten Minute habe sie abgesagt, und das klingt genau nach Jane. Nun ja, dort kann ich wahrscheinlich so gut lernen wie hier. Ich muss meine Sachen zusammenpacken. Bis später.

Abends
Liebes Tagebuch, ich bin wirklich fertig und müde und traurig und erledigt und habe die Nase voll.
Etwa eine halbe Stunde nachdem Mrs. Larsen gegangen war, kam Jane und sagte, sie wolle das Baby hüten, weil sie das Geld brauche. Aber das konnte ich nicht zulassen, weil sie stoned war, und Mrs. Larsens Baby ist erst vier Monate alt. Doch sie wollte nicht gehen, darum musste ich schließlich ihre Eltern anrufen und sie bitten Jane abzuholen. Ich sagte ihnen, sie sei krank, aber bis sie kamen, war sie wirklich in Hochform. Sie drehte die Stereoanlage so laut, dass das Baby nicht schlafen konnte. Es war sowieso nass und schrie, aber ich wagte noch nicht einmal es neu zu wickeln, weil ich nicht wusste, was Jane tun würde. Sie war so high, dass ihre Eltern sie praktisch in den Wagen zerren mussten, und sie weinten beide

und baten mich ihrem Bewährungshelfer nichts zu sagen.
Oh, ich hoffe, ich habe es richtig gemacht. Ich hätte vielleicht nicht ihre Eltern anrufen sollen, aber ich konnte sie wirklich nicht loswerden und ich hätte sie auf keinen Fall bei dem Baby lassen können. Ich kann mir schon vorstellen, wie sie morgen in der Schule sein wird, wenn sich das herumspricht. Oweia! Niemand wird mich auch nur anhören. Und außerdem verstehen Hascher nichts von Dingen, die ein Baby gefährden. Sie verstehen überhaupt nichts.

3. Juni

Mutter und Vater sagen, ich hätte gestern Abend genau das Richtige getan, und es tue ihnen Leid, dass sie nicht da gewesen seien um mir zu helfen. Aber was hätten sie tun können, außer Janes Eltern anzurufen? Es hätte sogar noch schlimmer sein können, wenn sie da gewesen wären. Wer weiß? Ich muss jetzt gehen.

Am Nachmittag
Jane ging heute im Flur an mir vorbei und in ihrem Gesicht war eine Bitterkeit und Feindseligkeit, wie ich sie noch nie gesehen habe. »Ich werde mich rächen, du verdammtes Fräulein Wohlverhalten«, sagte sie, sie schrie es praktisch vor allen anderen heraus. Ich versuchte ihr die Sache zu erklären, aber sie ging weiter, als sei ich gar nicht vorhanden.
Später ging ich in die Bibliothek. Joel merkte, dass etwas nicht stimmte, also sagte ich ihm schließlich,

ich bekäme eine Grippe und fühlte mich elend. (Dass ich mich elend fühlte, stimmt.) Er meint, ich solle ein paar Aspirin nehmen und mich hinlegen. Das Leben ist so einfach für anständige Leute.

(?)

Ich weiß nicht, was Jane den anderen erzählt hat, aber sie muss wirklich ein paar hässliche Gerüchte in Umlauf gesetzt haben, denn jetzt werde ich überall mit Kichern und spöttischen Bemerkungen empfangen, und das ist schlimmer als einsam und unbeachtet zu sein. Ich wollte, ich könnte mit Joel reden, aber ich bin so verkrampft, dass ich noch nicht einmal zum Lernen in die Bibliothek gehen kann. Ich werde ein paar Bücher mit nach Hause nehmen und in meinem Zimmer arbeiten. (Mein Zimmer wird mein ganzer Kosmos sein.)

(?)

Joel hat gerade von der Bibliothek angerufen, weil er sich um mich Sorgen machte. Er hatte mit Vaters Sekretärin gesprochen, die nichts wusste. Ich bin so froh, dass er angerufen hat, aber ich habe ihm gesagt, ich sei krank und werde diese Woche nicht mehr in die Bibliothek gehen. (Oh, ich bin krank, all die verrückten Hascher und LSD-Köpfe und all die anderen blöden Süchtigen, die mich verfolgen, machen mich krank.) Auf jeden Fall fragte Joel, ob er mich jeden Abend anrufen könne, und ich habe ihm nicht gesagt, dass ich am Telefon sitzen und darauf warten werde, aber so wird es sein! Doch das hast du gewusst, nicht wahr?

7. Juni

In der Nacht ist Großmutter krank geworden. Ich glaube, sie will ohne Großvater einfach nicht weitermachen. Zum Frühstück ist sie nicht aus ihrem Zimmer gekommen. Ich brachte ihr ein Tablett, aber sie spielte mit dem Essen nur herum. Heute Abend muss ich zu ihr gehen statt in die Bibliothek, wozu ich mich endlich entschlossen hatte. Joel wird das verstehen.
Tschüs jetzt.

8. Juni

Ich bin so in der Klemme, dass ich nicht weiß was tun. Als ich heute die Auffahrt hinunterging, kam Jane mir nach und flüsterte: »Es wird besser sein, wenn du deiner kleinen popowackelnden Schwester sagst, dass sie keine Süßigkeiten annehmen darf von Fremden oder auch von Freunden, besonders deinen Freunden.« Aber das würde Jane nicht tun! Das könnte sie nicht! Gleichgültig, was sie von mir hält, sie würde sicher Alexandra nicht dafür büßen lassen, oder? Oder? Ich wollte, ich könnte sie dazu bringen, mich zu verstehen, aber ich weiß nicht, wie.
Oh, ich würde gern mit Mutter oder Vater oder Joel oder Tim darüber reden, aber alles, was ich tue, scheint die Dinge zu verschlimmern. Ich glaube, ich muss es einfach in ein Gespräch beim Abendessen

einfließen lassen, etwas über rachsüchtige Leute, die LSD auf Bonbons und Kaugummi etc. tun und das verschenken. Vielleicht kann ich sagen, dass ein Lehrer von einem Kind in Detroit erzählte, das auf diese Weise starb, und vielleicht werden sie dann vorsichtig sein. Sie müssen vorsichtig sein!

9. Juni

Ich ging vom Einkaufen nach Hause und ein Wagen voller junger Leute hielt neben mir, und sie fingen an Dinge zu schreien wie:
»Nanu, ist das nicht die kleine Hure, die keusche Katrin?«
»Nein, das ist Fräulein Petzliesel.«
»Fräulein Super-Petzliesel. Fräulein Doppelt-Dreifach-Petzliesel.«
»Was wohl passieren würde, wenn wir ein bisschen Shit im Wagen ihres alten Herrn verstecken würden?«
»Wäre das nicht toll, wenn ihr Vater, der Professor, geschnappt würde?«
Dann beschimpften sie mich mit allen nur möglichen Ausdrücken und fuhren hysterisch lachend davon. Ich blieb völlig verstört und durcheinander und geschlagen zurück. Ich glaube, sie drohen mir nur, versuchen mich verrückt zu machen. Aber wer weiß? Im letzten Sommer las ich etwas über ein paar Leute, die stoned waren und eine Katze in eine Waschmaschine steckten und sie einschalteten, nur um zu sehen, was passieren würde. Vielleicht würden sie wirklich gern wissen, wie Vater reagieren würde. Sie sind

so miese, verrückte Idioten, dass ich es ihnen zutraue. Aber ich glaube nicht, dass sie so weit gehen werden. Wenn ich sie einfach irgendwie ignoriere, geben sie es vielleicht allmählich auf.

10. Juni

Selbst wenn ich in einem Raum voller LSD, Speed und jedem anderen Mittel der Welt eingeschlossen wäre, würde es mich nur anekeln. Zum ersten Mal bin ich dessen völlig sicher, denn ich sehe, was das Zeug aus Leuten macht, die meine Freunde waren. Sicher würden sie mich nicht so gnadenlos verfolgen, wenn die Drogen keine Rolle spielten. Oder?
Heute hat jemand eine brennende Fackel in meinen Schrank in der Schule gelegt, und als der Rektor mich aus der Klasse holte, wusste sogar er, dass ich etwas so Dummes nicht tun würde. Meine neue Jacke hat ein großes Loch und ein paar lose Blätter fingen Feuer, und alles war voll Rauch. Er fragte mich, wer das wohl getan habe, und obgleich ich Jane verdächtigte, würde ich es nicht wagen, sie anzugeben, und ich will auf keinen Fall alle Hascher in der Schule nennen. Ich wäre die Richtige um mit Steinen zu werfen! Außerdem würden sie mich vielleicht töten. Ich fürchte mich wirklich.

11. Juni

Ich bin so dankbar, dass die Schule bald vorbei ist. Im nächsten Jahr kann ich vielleicht in Seattle in die Schule gehen und bei Tante Jeannie und Onkel Ar-

thur wohnen. Ich wollte, Großmutter hätte ihr Haus nicht verkauft, aber wenn sie krank ist, hätte ich wohl sowieso nicht dort wohnen können.
P. S. Ich bin in die Universitätsbibliothek gegangen und Joel und ich saßen eine Zeit lang draußen auf dem Rasen, aber es ist nicht mehr das Gleiche. Täglich scheint alles ein bisschen schlimmer zu werden. Ich wollte, Joel könnte Vaters Sohn sein und ich wäre nie geboren.

12. Juni

Heute Abend ist Schülerball, aber natürlich gehe ich nicht hin. Selbst George, der früher mit mir ausgegangen ist, sieht mich jetzt verächtlich an oder geht vorbei ohne mich überhaupt zu bemerken. Offenbar nehmen die Gerüchte zu. Ich kann mir noch nicht einmal vorstellen, was sie sagen oder wie ich sie zum Aufhören bringen könnte.

(?)

Ich glaube, die alte Hasch-Clique versucht mich völlig verrückt zu machen, und fast gelingt es ihnen. Heute war ich mit Mutter im Supermarkt und dort trafen wir Marcie und ihre Mutter. Während sich die beiden Frauen unterhielten, drehte sich Marcie zu mir um und sagte mit einem strahlenden Lächeln: »Heute Abend haben wir eine Party und das ist deine letzte Chance.«
Ich sagte »nein, danke«, so ruhig ich konnte, aber ich dachte, ich müsse ersticken. Ihre Mutter stand etwa

fünfzehn Zentimeter von ihr entfernt! Dann lächelte sie noch einmal freundlich und sagte: »Du kannst ruhig kommen, denn kriegen werden wir dich sowieso.« Kann man das glauben? Ein fünfzehnjähriges Mädchen aus einer gebildeten, geachteten Familie kann doch nicht ein anderes Mädchen in der Öffentlichkeit so bedrohen, nicht in der netten, sauberen Gemüseabteilung. Ich dachte, ich verliere den Verstand, auf der Stelle werde mein Verstand auf den Boden fallen und sich auflösen.

Auf dem Heimweg machte Mutter ein paar Bemerkungen darüber, dass ich so ruhig war. Dann fragte sie mich, warum ich nicht manchmal mit der netten Marcie Green ausginge. Die nette Marcie Green, ha! Vielleicht verliere ich den Verstand. Vielleicht passieren diese Dinge in Wirklichkeit gar nicht.

16. Juni

Großmutter ist letzte Nacht im Schlaf gestorben. Ich habe versucht mir zu sagen, dass sie zu Großvater gegangen ist, aber ich bin so deprimiert, dass ich nur an die Würmer denken kann, die ihren Körper zerfressen. Leere Augenhöhlen mit ganzen Kolonien sich windender Maden. Ich kann nichts essen. Das ganze Haus ist durcheinander, alle machen sich Sorgen wegen der Beerdigung. Arme Mutter, beide Eltern in zwei Monaten! Wie kann sie das aushalten? Ich glaube, ich würde sterben, wenn ich jetzt meine Eltern verlöre. Ich habe versucht ihr zu helfen und die Dinge für sie leichter zu machen, aber ich bin so erschöpft, dass ich mich zu jedem Schritt zwingen muss.

17. Juni

Joel erfuhr von Großmutters Tod und rief mich an um mir zu sagen, wie Leid es ihm tue. Er hat mir wirklich viel Kraft gegeben und bot an morgen nach der Beerdigung herüberzukommen. Ich bin so froh, dass er kommt. Ich werde ihn brauchen.

19. Juni

Ich glaube, was mich heute aufrecht gehalten hat, war die Gewissheit, dass Joel auf mich wartet. Jedes Mal, wenn ich weinen wollte, dachte ich an ihn, wie er in unserem Wohnzimmer sitzt, und dann wurde es besser. Ich wollte, Mutter hätte einen Trost gehabt, denn sie war ganz verstört. Ich habe sie noch nie in so schlechter Verfassung gesehen. Vater tat, was er konnte, aber ich glaube nicht, dass er sie wirklich erreicht hat.
Als wir nach Hause kamen, gingen Joel und ich in den Garten und redeten lange. Sein Vater starb, als er sieben war, und seither hat er viel über den Tod und über das Leben nachgedacht. Seine Gefühle und Gedanken sind so reif, dass ich kaum glauben kann, dass er nicht hunderttausend Jahre alt ist. Er ist auch ein sehr geistiger Mensch, nicht wirklich religiös, sondern geistig, und er empfindet sehr stark. Ich glaube, das tun die meisten Leute unserer Generation. Selbst auf Drogentrips glauben viele Gott zu sehen oder mit himmlischen Dingen in Beziehung zu treten. Auf jeden Fall, als Joel ging, küsste er mich zum ersten Mal sehr zart auf die Lippen. Er ist so gut

und anständig, dass ich hoffe, wir werden eines Tages zueinander gehören. Ich hoffe es wirklich.
Das Schlimmste heute war, als die zarte, zerbrechliche Großmutter in das dunkle, endlose Loch gesenkt wurde. Es schien sie zu verschlucken, und als sie die Erde auf den Sarg warfen, dachte ich, ich würde schreien. Aber Joel sagte, ich solle nicht daran denken, denn das sei es nicht, was der Tod wirklich bedeute, und ich nehme an, er hat Recht. Ich kann einfach nicht daran denken.

20. Juni

Jetzt, wo die Schule vorbei ist, gibt es viele gesellige Zusammenkünfte und ich versuche mir nichts daraus zu machen, dass ich nicht daran teilnehmen kann. Wahrscheinlich ist es nicht ganz richtig, jetzt ausgehen zu wollen, wo Großmutter gerade erst gestorben ist. Aber um dir die Wahrheit zu sagen, liebes Tagebuch, mein Freund, ich habe es satt, übergangen zu werden und zu tun, als mache es mir nichts. Ich habe das alles so satt, dass ich manchmal am liebsten wieder weglaufen und nie mehr zurückkommen würde.

22. Juni

Gestern Abend wurden bei einer Party einige junge Leute festgenommen und heute versuchen sie mich dafür verantwortlich zu machen. Jane kam im Drugstore zu mir her und sagte, dass ich diesmal nicht durchkommen werde mit meiner Petzerei. Ich versuchte ihr zu sagen, dass ich nichts davon wisse, aber wie gewöhnlich hörte sie mir nicht zu.

Ich weiß nicht, was ich tue, wenn sie mich wieder verfolgen. Ich glaube wirklich nicht, dass ich es ertragen kann, auch wenn Joel und meine Familie hinter mir stehen. Es ist einfach zu viel.

23. Juni

Alles ist falsch und ich weiß nicht mehr weiter. Ich weiß wirklich nicht mehr weiter. Heute ging ich nur die Straße am Park entlang, als ein Junge, den ich noch nicht einmal kenne, mich packte und bedrohte. Er zog an meinem Arm und drehte ihn herum und gab mir alle erdenklichen Schimpfwörter. Viele junge Leute gingen vorbei und ich wollte schreien, doch ich konnte nicht. Wer würde mir helfen? Die Anständigen wissen nicht einmal, dass ich lebe. Dann zerrte er mich hinter einen Busch und küsste mich. Es war entsetzlich demütigend und ekelhaft. Er stieß seine Zunge in meinen Mund und rollte sie darin herum, bis ich weinte und würgte. Dann sagte er, alles, was ich brauchte, sei ein guter Fick und ich solle besser keinem davon erzählen, sonst komme er wieder und nehme mich mal richtig vor.

Ich war so verängstigt, dass ich in die Anwaltspraxis zu Mr. – lief und ihn bat mich nach Hause zu fahren. Er und Mutter dachten, ich sei krank, und sie brachte mich ins Bett. Ich bin krank. Selbst jetzt kann ich nicht aufhören mich zu übergeben und ich kann mich nicht konzentrieren. Was soll ich tun? Was soll ich tun? Ich kann es Mutter nicht erzählen, nach

Großmutter und Großvater wäre das einfach zu viel. Oh, was soll ich nur tun!
Gerade fuhr ein Wagen mit blendenden Lichtern und gellender Hupe vorbei und die ganze Familie lief hinaus um zu sehen, was los ist, außer mir. Mir ist alles gleichgültig.

24. Juni

Heute Morgen beim Frühstück sagte ich der Familie, dass mich die anderen wieder verfolgten. Vater bot an mit ein paar Eltern zu reden, aber ich bat ihn das nicht zu tun, weil es alles nur verschlimmern würde. Ich sagte Vater sogar, er solle den Wagen abschließen, weil jemand gedroht hat Marihuana darin zu verstecken. Natürlich musste ich Tim und Alexa wieder warnen, aber das hilft nichts. Mir ist, als wären wir im Belagerungszustand, und niemand außer mir scheint das sehr ernst zu nehmen. Vater denkt eigentlich, die anderen machen sich einfach über mich lustig, und er glaubt nicht, dass sie mir wirklich etwas antun würden. Ich konnte ihm nicht sagen, was gestern geschehen war, also muss ich ihn wohl in dem Glauben lassen, dass im Grunde alles in Ordnung ist.

Später

Mutter, die Süße, fuhr mich heute Nachmittag zur Universität, damit ich Joel sehen konnte. Sie sagte, sie müsse einiges bei Vater im Büro abholen, aber ich weiß, dass sie es meinetwegen getan hat. Sie ist wirklich sehr lieb.
Nachdem ich eine Zeit lang mit Joel geredet hatte,

bat ich ihn, ich weiß auch nicht warum, mit mir einen Spaziergang zu machen und völlig aufgelöst habe ich ihm einen Teil der Wahrheit gesagt. Ich hatte das nicht vor, aber jetzt bin ich fast froh, dass ich es getan habe. Seine Reaktion war genau, wie ich sie immer vorausgeahnt habe. Er sagte, dass ihm wirklich an mir liege und dass er überzeugt sei, ich könne mit meinem Problem fertig werden, weil ich im Grunde ein guter und starker Mensch sei. Vielleicht sagte er das nur, weil er jetzt nach der Renovierung der Universität nach Hause geht, aber er gab mir die goldene Uhr seines Vaters und ich gab ihm Großmutters Ring. Es war schrecklich. Und jetzt komme ich mir so grau vor wie alle grauen Tage der Welt.

25. Juni

Heute glich unser Viertel einem Tollhaus, alle rannten herum und trafen Vorbereitungen für das alljährliche Fest zum Ferienbeginn, das heute Abend stattfindet. Niemand aus der Hasch-Clique hat mir auch nur die geringste Aufmerksamkeit geschenkt und ich bin froh. Vielleicht haben sie jetzt etwas anderes vor. Es ist merkwürdig, dass eine große Oberschule wie unsere in zwei völlig verschiedene Welten geteilt sein kann, die nichts voneinander zu wissen scheinen. Oder gibt es viele Welten? Gleicht die Schule tatsächlich einem kleinen Milchstraßensystem mit einer kleinen Welt für jede Minoritätengruppe, einer für die armen Leute und einer für die reichen und einer für die Hascher, oder vielleicht sogar mit einer für die privilegierten Hascher und einer für die Hascher, die

aus weniger wohlhabenden Familien stammen? Wir haben alle überhaupt keine Ahnung von den anderen Welten, bis jemand versucht von einer Sphäre in die andere zu gehen. Ist das Sünde? Oder liegt das eigentliche Problem in dem Versuch zurückzugehen in die ursprüngliche Welt? Sicher haben nicht alle, die mit Drogen experimentierten, dieses Problem, oder doch? Ich nehme an, in der Zukunft werde ich das herausbekommen, zumindest will ich es versuchen. Chris hatte Glück, ihre Eltern zogen einfach um in eine Stadt, wo keiner sie kannte.
P. S. Ich sah drei von den Anständigen und sie fragten mich, ob ich zum Fest ginge und so. Vielleicht bricht das Eis. Ich hoffe es.

27. Juni

Ich bin erst um 11.30 Uhr aufgewacht und fühle mich so großartig, dass ich zerspringen könnte. Die Vögel zwitschern vor meinem Fenster. Es ist Sommer, lieber Freund, und ich lebe und bin gesund und glücklich in meinem eigenen lieben Bett. Hurra!!! Ich glaube, ich gehe in die Sommerschule und belege ein paar Extrakurse. Dann kann ich vielleicht im nächsten Sommer zu den Sommervorlesungen in der Universität. Das wäre ein Spaß!

1. Juli

Der erste Tag im Juli! Ich wollte, Joel wäre hier und könnte sehen, wie schön alles ist. Er schreibt schon sehr einsame Briefe. Seine Mutter muss sehr nett sein, aber offenbar ist sie nicht sehr intellektuell und er sehnt sich nach einem Gesprächspartner wie meiner Mutter und meinem Vater, die sehr anregend sind. Ich musste ihm versprechen sie für uns beide gebührend zu würdigen. Vor vielen Monaten habe ich mit den Klavierstunden aufgehört und heute habe ich wieder angefangen. Meine Lehrerin gab mir ein unglaublich schwieriges Concerto, aber ich denke, mit der Zeit werde ich es schon schaffen. Ich möchte, dass Joel auf meine musikalischen Fähigkeiten ebenso stolz ist wie auf andere Dinge!

P. S. Tim und ich haben gestern einen langen Spaziergang gemacht und Jane im Drugstore und Marcie im Park getroffen, und keine hat auch nur auf mich geachtet. Juhu! Ich nehme an, jetzt, wo die Schule vorbei ist, lassen sie mich in Ruhe. Sie lassen mich in Ruhe und ich kann endlich wirklich frei sein. Das ist sicher das wunderbarste aller großartigen Gefühle im ganzen Universum. Ich bin so glücklich, dass ich sterben könnte.

3. Juli

Heute ist ein neuer schöner, schöner Tag, außer dass Vater die Bilder von Großmutters Grab und dem Grabstein bekommen hat, der jetzt darauf gesetzt worden ist. Es ist ein schöner Grabstein, aber ich frage mich ständig, wie verwest ihr Körper mittlerweile ist und wie es um Großvater steht, der muss jetzt wirklich furchtbar aussehen. Eines Tages werde ich mir aus der Bibliothek ein Buch über Einbalsamieren holen und mich informieren, was da wirklich vor sich geht. Ob Mutter und Vater und Tim über solche Dinge nachdenken oder ob nur ich das tue? Bin ich morbid wegen meiner früheren Erlebnisse? Ich glaube nicht, denn Joel sagte, er habe sich die gleichen Gedanken gemacht, als sein Vater starb und er erst sieben Jahre alt war.

7. Juli

Mrs. Larsen hat sich bei einem Autounfall das Bein gebrochen und ich werde jeden Tag hinübergehen und das Haus sauber halten und für Mr. Larsen kochen und mich um das Baby kümmern, bis Mrs. Larsens Mutter kommt. (Gute Übung für die Zukunft!) Die kleine Lu Ann ist ein süßes Geschöpf und das alles wird mir Spaß machen. Ich muss jetzt zu meinem neuen Job. (Ich hoffe, Mr. Larsen isst nicht die ganze Zeit im Krankenhaus, weil ich das Kochen üben will.)
Bis später.

(?)

Mein lieber, treuer Freund,
ich bin so dankbar, dass Mutter dich in deinem angeschlagenen, abgeschlossenen kleinen Etui mitbringen durfte. Es war mir schrecklich peinlich, als die Schwester mich zwang das Etui zu öffnen und dich und meine Reservebleistifte und Kulis herauszuholen. Aber ich nehme an, sie sind einfach vorsichtig und kontrollieren alles, um sicher zu sein, dass du

nicht mit Drogen irgendwelcher Art gefüllt bist. Ich komme mir noch gar nicht wirklich vor. Ich muss jemand anderes sein. Ich kann noch immer nicht glauben, dass dies tatsächlich passiert ist. Im Fenster sind dicke Drähte, ich nehme an, das ist besser als Gitter, aber ich weiß trotzdem, dass ich in irgendeinem Gefängniskrankenhaus bin.
Ich habe versucht die ganze Geschichte zusammenzukriegen, aber es gelingt mir nicht. Die Schwestern und Ärzte sagen mir ständig, dass es mir besser gehen wird, aber ich blicke immer noch nicht durch. Ich kann meine Augen nicht schließen, weil die Würmer immer noch auf mir herumkrabbeln. Sie fressen mich auf. Sie kriechen durch meine Nase und nagen in meinem Mund, und oh, Gott... Ich muss dich zurücklegen in dein Etui, denn die Maden kriechen von meinen blutenden, sich wringenden Händen in deine Seiten. Ich werde dich einschließen. Du wirst sicher sein.

(?)

Heute geht es mir besser. Sie haben die Verbände von meinen Händen genommen und sie gewechselt, kein Wunder, dass ich solche Schmerzen hatte. Meine ganzen Fingerspitzen sind abgerissen und zwei Nägel sind ganz herausgerissen und die anderen fast entzweigebrochen. Ich habe Schmerzen beim Schreiben, aber ich werde den Verstand verlieren, wenn ich das nicht tue. Ich wollte, ich könnte Joel schreiben, aber was könnte ich ihm mitteilen? Außerdem kann niemand dieses Gekritzel lesen, weil beide Hände verbunden sind und so dick wie Boxhandschuhe. Ich bin immer noch voll krabbelnder Würmer, aber so langsam kann ich mit ihnen leben, oder bin ich eigentlich tot und sie experimentieren nur mit meiner Seele?

(?)

Die Würmer zerfressen zuerst meine Geschlechtsteile. Sie haben meine Vagina und meine Brüste fast ganz aufgefressen und jetzt sind sie an meinem Mund und Hals. Ich wollte, die Ärzte und Schwestern ließen meine Seele sterben, aber sie experimentieren immer noch und versuchen Körper und Geist zu vereinigen.

(?)

Als ich heute aufwachte, konnte ich rational und vernünftig denken. Ich glaube, der Horror ist vorbei. Die Schwester sagt, ich sei seit zehn Tagen hier, und wenn ich lese, was ich geschrieben habe, kann ich nur sagen, dass ich wirklich weg vom Fenster gewesen sein muss.

(?)

Heute hat man meine Hände unter eine Art Höhensonne gelegt um die Heilung zu fördern. Sie haben mir noch keinen Spiegel gegeben, aber ich kann fühlen, dass auch mein Gesicht ganz zerschunden ist, und meine Knie und Füße und Ellbogen, eigentlich fast mein ganzer Körper, sind zerschlagen und verletzt. Ich frage mich, ob meine Hände jemals wieder wie Hände aussehen werden. Meine Fingerspitzen sehen wie Hackfleisch aus, das unter der Lampe brät, und sie haben mir ein Spray gegeben, mit dem ich die Schmerzen lindern kann. Meine Hände sind nicht mehr verbunden, aber ich wollte fast, sie wären es, weil ich sie ständig anschauen muss, um sicher zu sein, dass keine Würmer daran sind.

(?)

Heute kam eine Fliege in mein Zimmer und ich konnte nicht aufhören zu schreien. Ich hatte solche Angst, dass sie noch mehr Madeneier auf mein Gesicht und meine Hände und meinen Körper legen würde. Zwei Schwestern mussten kommen um sie zu töten. Ich darf keine Fliege an mich lassen. Vielleicht muss ich aufhören zu schlafen.

(?)

Ich bin gerade aufgestanden und zum Spiegel gegangen. Ich habe Schienen an vier Zehen, also nehme ich an, dass sie auch gebrochen sind, aber ich konnte mich sowieso kaum erkennen. Mein Gesicht ist aufgedunsen und geschwollen und schwarz und blau und zerkratzt, und man hat mir Haare in großen Büscheln ausgerissen, so dass ich völlig kahle Stellen habe. Vielleicht bin das gar nicht ich.

(?)

Beim Aufstehen habe ich mir zwei Zehen erneut gebrochen und jetzt sind beide Füße in Gips. Mutter und Vater besuchen mich jeden Tag, aber sie bleiben nicht lang – es gibt nicht viel zu sagen, bevor mein Verstand nicht wieder arbeitet.

(?)

Mir ist richtig schwindlig, doch die Schwester sagt, das kommt nur durch meine Gehirnerschütterung. Die Würmer sind fast ganz verschwunden. Ich glaube, das Spray vertilgt sie.

(?)

Jetzt weiß ich, wie ich das LSD bekommen habe. Vater sagt, jemand habe es auf schokoladenüberzogene Erdnüsse getan, und ich nehme an, das stimmt, denn ich erinnere mich daran, wie ich die Erdnüsse aß, nachdem ich das Baby gewaschen hatte. In diesem Moment dachte ich, Mr. Larsen hätte sie mir als Überraschung dagelassen. Aber wenn ich jetzt darüber nachdenke, weiß ich nicht mehr, warum ich glaubte, Mr. Larsen sei da gewesen und ohne ein Wort wieder gegangen. Der Teil ist wie ausgelöscht. Tatsächlich bin ich erstaunt, dass ich mich überhaupt an etwas erinnere. Aber ich nehme an, gleich wie viel Unheil ich mir auflade, mein Verstand funktioniert immer noch. Der Arzt sagt, das sei normal, denn es gehöre wirklich viel dazu, das Gehirn auf die Dauer durcheinander zu bringen. Ich hoffe, das stimmt, denn ich habe das Gefühl schon ziemlich viel durchgemacht zu haben.

Auf jeden Fall weiß ich noch, dass mich die Nüsse an Großvater erinnerten, weil er immer Erdnüsse mit Schokoladenüberzug aß. Und ich weiß noch, wie mir schwindlig und übel wurde. Ich glaube, ich versuchte Mutter anzurufen, um sie zu bitten mich und das Baby zu holen, als mir klar wurde, dass irgendjemand mich irgendwie unter Drogen gesetzt hatte. Es ist alles sehr verworren, denn wenn ich zurückzudenken versuche, ist es, als schaute ich durch neblige, farbige Lichter, aber ich erinnere mich daran, dass ich versuchte unsere Nummer zu wählen, und dass es Ewigkeiten dauerte, bis jede Zahl durchgelaufen war. Ich glaube, es war besetzt, und ich weiß wirklich nicht mehr, was danach geschah, außer dass ich schrie und Großvater da war und mir helfen wollte, doch von seinem Körper tropften glänzende vielfarbene Würmer und Maden, die hinter ihm zu Boden fielen. Er versuchte mich aufzuheben, doch von seinen Händen und Armen war nur noch das Skelett übrig. Der Rest war von den Würmern verzehrt worden, die sich wanden, krümmten, schlängelten, gierig fraßen und ihn ganz und gar bedeckten. Sie fraßen und hörten nicht auf. Seine beiden Augenhöhlen wimmelten von weißen, weichen, kriechenden Tieren, die sich in und aus seinem Fleisch gruben und phosphoreszierten und durcheinander wirbelten. Die Würmer und Parasiten fingen an zum Zimmer des Babys zu kriechen und zu krabbeln und zu rennen, und ich versuchte sie zu zertreten und mit meinen Händen totzuschlagen, aber sie vermehrten sich schneller, als ich sie töten konnte. Und sie krochen über meine Hände und Arme und mein Gesicht und meinen Körper. Sie waren in meiner Nase und meinem Mund und meinem Hals, würgten mich, erstickten mich. Bandwürmer, Larven, Raupen zerstörten mein Fleisch, krochen über mich, verzehrten mich.

Großvater rief, aber ich konnte das Baby nicht allein lassen, ich wollte auch nicht mit ihm gehen, denn er ängstigte und ekelte mich. Er war so schlimm zerfressen, dass ich ihn kaum erkannte. Er deutete immerzu auf einen Sarg neben sich und ich versuchte wegzulaufen, aber Tausende anderer toter Dinge und Menschen stießen mich hinein und drückten den Deckel über mir zu. Ich schrie und schrie und versuchte mich aus dem Sarg zu befreien, aber sie ließen mich nicht heraus.

Aus meinem jetzigen Zustand schließe ich, dass Fleischfetzen und Haarbüschel von meinen eigenen Händen losgerissen wurden, als ich die Würmer von mir entfernen wollte. Wie ich meinen Kopf angeschlagen habe, weiß ich nicht. Vielleicht versuchte ich den Horror aus meinem Schädel zu schlagen, ich erinnere mich wirklich nicht, es scheint so lange, lange her zu sein, und das aufzuschreiben hat mich unglaublich müde gemacht. Ich war noch nie in meinem Leben so müde.

(?)

Mutter und Vater glauben, dass mich jemand unter Drogen gesetzt hat! Sie glauben es wirklich! Sie glauben mir! Ich kann mir gut vorstellen, wer es war, aber ich nehme an, ich werde es nie beweisen können. Ich muss einfach versuchen auszuruhen und gesund zu werden, wie sie es mir geraten haben. Ich werde nicht daran denken, was geschehen ist. Gott sei Dank habe ich das Baby nicht verletzt. Dank dir, Gott.

(?)

In ein paar Tagen werde ich in ein anderes Krankenhaus verlegt. Ich hoffte, ich könne nach Hause gehen, denn meine Hände heilen und meine Prellungen fangen an zu verblassen. Der Arzt sagte, es werde ein Jahr dauern, bis meine Hände wieder ganz hergestellt und die beiden Nägel wirklich nachgewachsen sind, aber schon in ein paar Wochen werde man sie wieder anschauen können.
Mein Gesicht ist fast wieder normal und auf meinen kahlen Stellen wachsen kurze flaumige Haare. Mutter hat eine Schere mitgebracht und sie und die Schwester schnitten mir das Haar ganz kurz, kurz, kurz. Es sieht fast wie ein Herrenschnitt aus und ist nicht ganz gekonnt, aber Mutter sagt, in ein oder zwei Wochen kann ich zum Friseur und es nachschneiden lassen, wenn ich aus dem anderen Krankenhaus entlassen bin, außerdem werde ich mich so schäbig, wie ich jetzt aussehe, sowieso keinem zeigen.

Ich habe immer noch Alpträume über die Würmer, aber ich versuche mich zu beherrschen und ich erwähne sie nicht mehr. Was hilft es denn? Ich weiß, dass sie nicht wirklich sind, und alle anderen wissen, dass sie nicht wirklich sind, trotzdem kommen sie mir manchmal so wirklich vor, dass ich sogar die Wärme und die schleimige fette Weichheit ihrer Körper fühlen kann. Und jedes Mal, wenn meine Nase oder eine meiner vielen Narben juckt, muss ich mit mir kämpfen um nicht nach Hilfe zu rufen.

(?)

Mutter brachte mir ein Paket mit Briefen von Joel. Sie hatte ihm geschrieben, dass ich sehr krank in der Klinik liege, und seither hat er täglich geschrieben. Er hat sogar eines Abends angerufen, und weil sie nichts Näheres erläutern wollte, sagte sie ihm, ich hätte eine Art Nervenzusammenbruch.
Nun, so kann man es auch nennen!

22. Juli

Als Mutter mich heute besuchen kam, konnte ich sehen, dass sie geweint hatte, also versuchte ich sehr stark zu sein und setzte ein recht fröhliches Gesicht auf. Das war richtig, denn sie schicken mich in ein Irrenhaus, zu den Verrückten, zu den Deppen, zu den Blöden, wo ich mit den anderen Idioten und Tobsüchtigen umherwandern kann. Ich habe solche Angst, dass ich noch nicht einmal richtig Luft holen kann. Vater versuchte mir das alles sehr sachlich zu erklären, aber es war offensichtlich, dass ihn das Ganze völlig vernichtet hat. Aber nicht so sehr wie mich. Das geht gar nicht. Er sagte, als mein Fall vor dem Jugendgericht verhandelt wurde, hätten Jane und Marcie beide ausgesagt, dass ich seit Wochen versucht hätte ihnen LSD und Marihuana zu verkaufen und dass ich in der Schule als User und Dealer bekannt sei.

Die Umstände waren wirklich gegen mich. Ich habe Drogen genommen, das weiß man, und Vater sagte, als die Nachbarin von Mrs. Larsen mich schreien hörte, seien sie und der Gärtner herübergekommen um zu sehen, was passiert sei. Sie dachten, ich sei verrückt geworden, deshalb schlossen sie mich in einen schmalen Wandschrank ein, schauten nach dem Baby, das offenbar auch durch meine Schreie geweckt worden war, und holten die Polizei. Als die kam, hatte ich mich selbst schwer verletzt und versucht, den rauen Verputz von den Wänden zu kratzen um hinauszukommen, und hatte meinen Kopf gegen die Tür geschlagen, bis ich eine Gehirnerschütterung und einen Schädelbruch hatte.

Jetzt schicken sie mich auf die Deppenfarm, wo ich vermutlich hingehöre. Vater sagt, ich muss vielleicht nicht lange dort bleiben, er wird sofort meine Entlassung in die Wege leiten, damit ich von einem guten Psychiater behandelt werden kann.

Vater und Mutter nennen den Ort, an den ich komme, ein Jugendzentrum, aber sie können mich nicht für dumm verkaufen. Noch nicht einmal sich selbst. Sie schicken mich in ein Irrenhaus! Und ich verstehe nicht, wie das möglich ist. Wie kann das sein? Andere Leute haben schlechte Trips und sie werden nicht ins Irrenhaus geschickt. Sie sagen mir, meine Würmer seien nicht wirklich, und doch schicken sie mich an einen Ort, der schlimmer ist als alle Särge und Würmer zusammen. Ich verstehe nicht, warum mir das geschieht. Ich glaube, ich bin vom Antlitz der Erde gefallen und werde nie aufhören zu fallen. Oh, bitte, bitte, sie sollen mich nicht holen. Lass nicht zu, dass sie mich zu den Verrückten stecken. Ich fürchte mich vor ihnen. Bitte, lass mich nach Hause gehen in mein eigenes Zimmer und lass mich dort schlafen. Bitte, Gott.

23. Juli

Mein Bewährungshelfer kam und holte mich und brachte mich zum Psychiatrischen Landeskrankenhaus, wo ich registriert und katalogisiert und befragt und alles wurde, nur meine Fingerabdrücke hat man nicht genommen. Dann wurde ich ins Büro des Psychiaters gebracht und er sprach ein bisschen mit mir. Aber ich hatte nichts zu sagen, weil ich noch nicht einmal denken konnte. Alles, was mir durch den Kopf ging, war: Ich habe Angst, ich habe Angst, ich habe Angst.
Dann führten sie mich durch einen stinkenden, hässlichen, düsteren alten Gang, in dem die Farbe abblätterte, und durch eine verschlossene Tür, die hinter mir wieder abgeschlossen wurde. Mein Herz klopfte so stark, dass ich glaubte, jede Sekunde könne es explodieren und durch den ganzen Gang zerstäuben. Ich konnte es in meinen Ohren klopfen hören und

ich schaffte es kaum, einen Fuß vor den anderen zu setzen.

Wir gingen einen endlosen dunklen Gang entlang und ich konnte einen Blick auf ein paar Leute hier werfen, und nun weiß ich, dass ich nicht hierher gehöre. Ich kann es noch nicht fassen, wie man sich in einer Welt verrückter Menschen vorkommt, einer ganzen Welt von ihnen. Innerlich und äußerlich. Ich gehöre nicht hierher, aber ich bin hier. Das ist verrückt, nicht wahr? Also du siehst, mein lieber Freund, mein einziger Freund, dass es keinen Ausweg gibt, weil die ganze Welt verrückt ist.

24. Juli

Die Nacht war ohne Ende. Alles auf der Welt könnte hier geschehen und niemand wüsste je davon.

25. Juli

Heute Morgen haben sie mich um 6.30 Uhr zu einem Frühstück geweckt, das ich nicht essen konnte, und mit verschwollenen Augen und noch fröstelnd wurde ich durch den langen dunklen Gang zu der großen Metalltür mit dem vergitterten Fenster in der Mitte geführt. Schlüssel wurden in das große Schloss gestoßen und wir waren auf der anderen Seite. Dann klirrten die Schlüssel wieder. Die Tagespfleger sprachen viel, aber ich konnte sie nicht wirklich hören. Meine Ohren waren verstopft, vielleicht von Furcht. Dann brachten sie mich zum Jugendzentrum, das nur zwei Gebäude entfernt war. Wir kamen an zwei

sabbernden Männern mit einem anderen Pfleger vorbei, die Blätter zusammenrechten.
Im Jugendzentrum waren fünfzig, sechzig, vielleicht sogar siebzig junge Leute, die durcheinander schwärmten und sich auf ihren Unterricht oder was sie sonst tun wollten vorbereiteten. Sie wirkten alle ziemlich normal bis auf ein großes Mädchen, das etwa in meinem Alter zu sein schien, aber zwanzig oder fünfundzwanzig Zentimeter größer und mindestens fünfzig Pfund schwerer war. Sie lag blöde unter dem Spielautomaten im Tagesraum ausgestreckt. Auch ein Junge, ein Teenager, war da, der sich ständig auf den Kopf schlug und idiotisch vor sich hin murmelte.
Eine Glocke läutete und alle gingen hinaus, außer den zwei Deppen. Ich blieb mit ihnen im Tagesraum. Schließlich kam eine umfangreiche Dame (die Schulschwester) herein und sagte, wenn ich das Privileg wünsche zur Schule zu gehen, müsse ich Dr. Miller aufsuchen und eine Verpflichtung unterschreiben, dass ich bereit sei entsprechend den Gesetzen und Regeln des Zentrums zu leben.
Ich sagte, ich sei bereit, aber Dr. Miller war nicht da, also verbrachte ich den Rest des Vormittags im Tagesraum, wo ich die beiden Blöden beobachtete, die schlafende und den schlagenden. Ich fragte mich, welchen verrückten Eindruck ich mit meinem heilenden Gesicht und meinem Rasenmäher-Haarschnitt auf sie machte.
Während des ganzen endlosen Morgens läuteten Glocken und Leute kamen und gingen. Auf einem kleinen runden Tisch im Gang lagen Zeitschriften,

aber ich konnte sie nicht lesen. Mein Geist raste tausend Meilen pro Minute und kam nirgendwo an.
Um 11.30 Uhr zeigte mir Marj, die Schwester, den Essraum. Junge Leute liefen in alle Richtungen und sicher sah niemand von ihnen so verrückt aus, als müsse er eingesperrt werden, aber offenbar waren alle so verrückt. Das Essen bestand aus Makkaroni und Käse mit ein bisschen zerschnittener Wurst und Brechbohnen aus der Dose und einer Art pappig aussehendem Pudding. Der Versuch zu essen war eine große Zeitverschwendung, ich hatte einen Kloß im Hals und konnte nichts hinunterbringen. Viele junge Leute lachten und neckten sich und offenbar nannten sie sogar ihre Lehrer und Therapeuten und Sozialarbeiter beim Vornamen. Ich glaube, alle außer den Ärzten. Niemand wirkte so ängstlich wie ich. Waren sie ängstlich, als sie hier ankamen? Sind sie immer noch ängstlich oder lassen sich nichts anmerken? Ich verstehe nicht, wie sie hier existieren können. Ich will gerecht sein, das Jugendzentrum ist nicht so schlimm wie der Krankenbau. Es wirkt fast wie eine kleine Schule, aber das Krankenhaus selbst ist unerträglich. Die stinkenden Gänge, die bleichen Menschen, die verschlossenen, vergitterten Türen. Es ist ein furchtbarer Alptraum, es ist ein schlechter Trip, es ist ein Horror, es ist alles Schreckliche, was ich mir vorstellen kann.
Dr. Miller kam endlich am Nachmittag und ich konnte mit ihm reden. Er sagte mir, das Krankenhaus könnte mir nicht helfen und das Personal könnte mir nicht helfen und die Lehrer könnten mir nicht helfen und das Programm, das sich als sehr er-

folgreich erwiesen habe, könnte mir nicht helfen, wenn ich nicht Hilfe wollte! Er sagte mir außerdem, dass ich zuerst zugeben müsse, dass ich ein Problem habe, bevor ich es lösen könne, aber wie kann ich das, wenn ich wirklich keins habe? Ich weiß jetzt, dass ich Drogen auch dann widerstehen könnte, wenn ich in ihnen ertränke. Aber wie werde ich jemals jemanden außer Mutter und Vater und Tim und hoffentlich Joel davon überzeugen können, dass ich beim letzten Mal wirklich nichts wissentlich genommen habe? Es klingt unglaublich, dass ich das erste Mal, als ich Drogen nahm, und das letzte Mal, das mich ins Irrenhaus brachte, jeweils ohne mein Wissen das Zeug zu mir nahm. Oh, niemand kann glauben, dass irgendwer so dumm sein kann. Ich kann es selbst kaum glauben, obwohl ich weiß, dass es so ist. Überhaupt, wie kann ich irgendwas zugeben, wenn ich so verängstigt bin, dass ich kaum reden kann? Ich saß nur da in Dr. Millers Büro und nickte mit dem Kopf, damit ich den Mund nicht aufmachen musste. Es wäre sowieso nichts herausgekommen.
Um halb drei kamen die anderen von der Schule, einige gingen Ball spielen und ein paar andere blieben hier für die Gruppentherapie.
Einiges von dem, was der erste Arzt und der Bewährungshelfer mir sagten, fällt mir wieder ein. Die jungen Leute sind in zwei Gruppen eingeteilt. Die in der Gruppe eins versuchen alle Regeln einzuhalten und werden irgendwann entlassen. Sie erhalten alle möglichen Vergünstigungen. Gruppe zwei ist gewissermaßen gescheitert. Sie kümmern sich nicht um die Regeln, sind jähzornig oder fluchen oder stehlen

oder schlafen miteinander oder sonst was, und deshalb sind sie in allem eingeschränkt. Ich hoffe, es gibt hier kein Hasch. Ich weiß, dass ich widerstehen könnte, aber ich glaube, ich könnte nicht noch mehr Probleme ertragen ohne wirklich verrückt zu werden. Die Ärzte wissen vermutlich, was sie tun, aber ich bin so einsam und so verlassen und so verängstigt. Ich glaube, ich verliere wirklich den Verstand.
Um halb fünf mussten wir zurück in unsere Krankenzimmer und uns wieder einschließen lassen wie die Tiere im Zoo. Sechs andere Mädchen außer mir und fünf Jungen sind in meinem Bau, Gott sei Dank, denn ich hätte nicht allein zurückgehen können. Ich habe aber bemerkt, dass sie alle zusammenzuckten (wie ich), als die Türen hinter uns abgeschlossen wurden.
Als wir durchgingen, sagte eine ältere Frau, bis jetzt sei es friedlich und still gewesen, und das kleinste Mädchen drehte sich um und sagte: »Leck mich am Arsch.« Ich war so überrascht, dass ich erwartete, die Decke werde über ihr zusammenbrechen, aber niemand scheint auf solche Dinge zu achten außer mir.

26. Juli

Das kleine Mädchen, von dem ich dir gestern erzählte, ist in dem Zimmer neben meinem. Sie ist dreizehn und sie scheint ständig den Tränen nahe zu sein. Als ich sie fragte, wie lange sie schon hier sei, sagte sie: »Immer, einfach immer.« Zur Abendbrotzeit ging sie mit mir in den Raum, wo wir essen, und wir saßen nebeneinander an einem der langen Tische ohne zu essen. Für den Rest des Abends konnten wir durch den Bau wandern, ohne Ziel und ohne Beschäftigung. Ich möchte verzweifelt Mutter und Vater erzählen, wie es hier ist, aber ich werde es nicht tun. Sie würden sich nur noch mehr Sorgen machen. Eine ältere Frau im Bau ist eine geile Alkoholikerin und ich fürchte mich vor ihr, aber ich ängstige mich noch mehr um Babbie. Was soll diese schmutzige Kreatur davon abhalten, uns nachzusteigen? Als wir heute Abend an ihr vorbeikamen, machte sie ein paar Gesten und ich fragte Babbie, ob wir nichts gegen sie tun könnten. Aber Babbie zuckte nur die Achseln und sagte, wir könnten sie dem Pfleger melden, aber es sei besser sie einfach zu ignorieren.

Dann passierte etwas wirklich Gespenstisches und Erschreckendes. Wir saßen in einem der »Freizeit«-Räume und beobachteten, wie die anderen uns beobachteten. Es war, wie wenn Affen die Affen betrachten, und als ich Babbie fragte, ob wir uns nicht lieber in meinem Zimmer unterhalten wollten, sagte sie, wir dürften in unserem Zimmer nichts Sexuelles treiben, aber morgen könnten wir ja in einen Abstellraum gehen. Ich wusste nicht, was ich sagen sollte! Sie dachte, ich versuche sie zu verführen, und ich war so verblüfft, dass ich überhaupt nichts sagen konnte. Später versuchte ich es ihr zu erklären, aber sie fing einfach an von sich zu sprechen, als wäre ich gar nicht da.

Sie sagte, sie sei dreizehn und nehme seit zwei Jahren Drogen. Ihre Eltern ließen sich scheiden, als sie zehn war, und sie sollte bei ihrem Vater leben, der Bauunternehmer ist und wieder heiratete. Ich nehme an, eine Zeit lang war alles in Ordnung, aber sie war eifersüchtig auf die Kinder ihrer neuen Mutter und kam sich wie ein Außenseiter, ein Fremdling vor. Dann fing sie an immer mehr Zeit nicht daheim zu verbringen und erklärte ihrer Stiefmutter, sie habe Schwierigkeiten in der Schule und müsse in die Bibliothek usw. Die üblichen Entschuldigungen, dabei ging sie nur die halbe Zeit in die Schule. Aber sie brachte immer noch gute Noten nach Hause und so interessierten sich ihre Eltern nicht allzu sehr dafür. Schließlich rief die Schule an, weil sie so oft fehlte. Aber sie erzählte ihrem Vater, die Schule sei so groß und überfüllt, dass sie nicht wüssten, wer da sei und wer nicht. Ich weiß nicht, warum ihr Vater das glaubte, aber offenbar tat er es. Vielleicht war es zu anstrengend, es nicht zu glauben.

In Wirklichkeit jedenfalls hatte ein 32-jähriger Mann, den sie im Kino kennen gelernt hatte, sie zu Drogen verführt. Sie erzählte mir keine Einzelheiten, aber ich nehme an, er verführte sie zu Drogen und überhaupt. Nach einigen Monaten ließ er sich nicht mehr sehen und sie stellte fest, dass es sehr leicht war, andere Männer kennen zu lernen. Tatsächlich war sie mit zwölf bereits eine B. P.* Sie erzählte mir das alles so ruhig, dass mir fast das Herz brach. Aber selbst wenn ich geweint hätte (was ich nicht tat), glaube ich nicht, dass sie es bemerkt hätte, so unbeteiligt war sie.

Nachdem sie etwa ein Jahr lang Drogen genommen hatte, schöpften ihre hellhörigen Eltern Verdacht.

---

* Baby-Prostituierte

Aber selbst jetzt setzten sie sich nicht offen mit ihr auseinander. Sie fingen einfach an eine Menge Fragen zu stellen und ihr auf die Nerven zu gehen, also raubte sie den nächsten Mann aus, den sie im Kino kennen lernte, und fuhr mit dem Bus nach Los Angeles. Ein Freund hatte ihr gesagt, eine B. P. hätte nie Schwierigkeiten durchzukommen, und laut Babbie hatte der Freund Recht. An ihrem zweiten Tag in Los Angeles spazierte sie umher und traf eine »Freundin«, eine prächtig gekleidete Frau, die sie mitnahm in eine große Wohnung am Boulevard. Als sie dort ankam, waren ein paar Mädchen ihres Alters im Wohnzimmer und überall gab es in Bonbonschalen Pillen. Innerhalb einer halben Stunde war sie völlig stoned.

Später, als sie wieder bei sich war, sagte die Frau, sie könne hier leben und in die Schule gehen. Sie sagte, sie müsste nur zwei Stunden täglich arbeiten – meistens nachmittags. Also meldete sie sich am nächsten Tag als die Nichte der Frau in der Schule an und begann als Luxus-B. P. zu leben. Solange Babbie dort war, hatte die Frau vier Nichten bei sich. Der Chauffeur fuhr sie zur Schule und holte sie ab und sie bekamen nie etwas von dem Geld zu sehen, das sie verdienten. Babbie sagte, sie saßen meistens wie die Affen in der Wohnung, sprachen nie wirklich miteinander und gingen nie irgendwohin.

Es klang so unglaublich, dass ich versuchte ihr Fragen zu stellen, aber sie redete einfach weiter und sie war so traurig und abweisend, dass ich glaube, sie sagte wirklich die Wahrheit. Außerdem halte ich nach dem, was ich durchgemacht habe, fast alles für

möglich. Ist das nicht traurig, an einem Punkt zu sein, wo alles so unglaublich ist, dass man alles glaubt? Ich meine, es ist traurig, lieber Freund, wirklich und wahrhaftig und verzweifelt meine ich das.
Jedenfalls lief Babbie nach ein paar Wochen davon und trampte nach San Francisco. Aber in San Francisco wurde sie von vier Kerlen niedergeschlagen und vergewaltigt. Als sie versuchte etwas Geld zu erbetteln um nach Hause zu telefonieren, gab ihr niemand etwas. Sie sagte, sie wäre nach Hause gekrochen und hätte sich einsperren und anketten lassen, aber als ich sie fragte, warum sie nicht zur Polizei oder in ein Krankenhaus gegangen ist, fing sie an zu schreien und auf den Boden zu spucken.
Ich nehme an, später hat sie schließlich ihre Eltern erreicht, aber als sie nach San Francisco kamen, war sie mit einem Mann davongegangen, der sich ein eigenes Labor zur Herstellung von LSD eingerichtet hatte. Sie wurden beide in irgendeinen lokalen Skandal verwickelt und dann landete sie hier, genau wie ich.
Oh, Tagebuch, ich bin so dankbar, dass ich dich habe, weil es in diesem Tierkäfig nichts, absolut nichts zu tun gibt und alle so verrückt sind, dass ich weiß, ich könnte ohne dich nicht existieren.
Irgendwo im Bau ist eine Frau, die stöhnt und ächzt und gespenstische Laute von sich gibt. Selbst wenn ich meine kranken, kaputten Hände über meine Ohren lege und das Kopfkissen über meinen Kopf, höre ich noch diese schrecklichen, gurgelnden Laute. Ob ich je im Leben wieder schlafen kann ohne die Zunge zwischen die Zähne stecken zu müssen, um sie am

Klappern zu hindern, und ohne dass Entsetzen in mir aufsteigt, wenn ich an diesen Ort denke? Das kann nicht wirklich sein! Ich bin noch immer auf meinem schlechten Trip. Sicher. Ich glaube, morgen werden sie Busse voller Schulkinder bringen, die uns durch die Gitter mit Erdnüssen füttern.

27. Juli

Liebes Tagebuch,
ich muss wirklich den Verstand verloren haben oder zumindest die Kontrolle darüber, denn ich habe gerade versucht zu beten. Ich wollte Gott bitten mir zu helfen, aber ich konnte nur Worte herausbringen, dunkle, nutzlose Worte, die neben mir zur Erde fielen und in die Ecken rollten und unter das Bett. Ich habe versucht, ich habe wirklich versucht mich daran zu erinnern, was ich sagen sollte nach: »Müde bin ich, geh zur Ruh . . .«, aber das sind nur Worte, nutzlose, künstliche, schwere Worte ohne Bedeutung und Kraft. Sie sind wie das Toben der idiotischen spuckenden Frau, die jetzt zu meiner Insassenfamilie gehört. Verbaler Lärm, nutzlos, tastend, unwichtig, ohne Kraft und ohne Herrlichkeit. Manchmal glaube ich, der Tod ist der einzige Weg, der aus diesem Zimmer führt.

29. Juli

Man hat mir das Privileg zugestanden, heute in die Schule zu gehen, und hier ist die Schule ein Privileg. Nichts könnte dunkler oder öder oder leerer sein als nur dazusitzen und nichts zu tun zu haben, und das Millionen endloser Stunden lang.

Ich muss im Schlaf geweint haben, denn heute Morgen war mein Kopfkissen nass und durchweicht und ich war völlig erschöpft. Die Hauptschüler haben zwei Lehrer und wir haben zwei. Sie wirken beide gütig und die meisten Schüler erscheinen ziemlich beherrscht. Ich nehme an, das kommt daher, dass sie sich fürchten, wieder ins Niemandsland zurückgeschickt zu werden, in eine Welt des Umherwanderns und Alleinseins.

Ich glaube, Menschen können sich an alles gewöhnen, sogar daran, in einem solchen Haus eingeschlossen zu sein. Als sie heute Abend die große schwere Tür abschlossen, war ich noch nicht einmal besonders deprimiert, oder vielleicht bin ich einfach leer geweint.

Babbie und ich haben uns eine Zeit lang unterhalten und ich habe ihr die Haare aufgedreht, aber alle Freude und Spontaneität ist aus dem Leben verschwunden. Ich fange an mich dahinzuschleppen und lediglich zu existieren wie sie.

Die anderen Mädchen im Bau reden und scherzen und sehen fern und schleichen sich zum Rauchen in die Toiletten, aber Babbie und ich versuchen nur uns aufrechtzuerhalten. Alle rauchen hier und die Gänge sind voll grauer, kreisender Rauchwolken, nicht einmal sie kommen hier heraus. Der Rauch wirkt so gefangen und verwirrt wie die Patienten. Die Pfleger tragen alle schwere klirrende Schlüssel an ihren Schürzen. Das ständige klirrende Geräusch ist eine dauernde deprimierende Erinnerung.

30. Juli

Heute Abend ging Babbie zum Fernsehen in den Tagesraum und ich bin eifersüchtig. Werde ich zu einer harten Megäre, die einem Kind zürnt, weil es seine Zuneigung einer alten Frau mit einer Schachtel Zigaretten geschenkt hat?
Das kann nicht sein! Das kann nicht mir geschehen!

31. Juli

Nach der Schule hatten wir heute im Tagesraum des Jugendzentrums Gruppentherapie. Es war sehr interessant den anderen zuzuhören. Ich hätte zu gern alle gefragt, was sie empfanden, als sie neu hier waren, aber ich wagte nicht meinen Mund aufzumachen. Rosie war aufgebracht, weil sie das Gefühl hatte, die anderen ignorierten sie, und alle sagten ihr, warum mit ihr nicht leicht auszukommen sei: weil sie versuche die Leute zu monopolisieren und ständig an ihnen hänge und klebe. Zuerst war sie wütend und fluchte, aber ich glaube, bevor es vorbei war, verstand sie sich selbst ein wenig besser, zumindest hätte sie das sollen.
Dann diskutierten sie darüber, wie andere »ihre eigenen Probleme nähren«, und das war interessant. Vielleicht macht mich mein Aufenthalt hier wirklich zu einem fähigeren Menschen.
Nach der Therapie unterhielt sich Carter mit mir, der gegenwärtige Gruppenpräsident (alle sechs Wochen wird ein neuer gewählt). Er sagte, ich solle ungehemmt meine Gedanken und Aggressionen und

Ängste darlegen, damit man sie untersuchen könne. Solange ich sie in mich hineinfresse, erschienen sie vergrößert und verzerrt. Und außerdem sagte er, als er zuerst hierher kam, sei er so verängstigt gewesen, dass er drei Tage lang buchstäblich seine Stimme verloren hätte. Er konnte physisch nicht mehr reden. Im Grunde hatte man ihn hier eingewiesen, weil niemand mit ihm fertig wurde. Er war in Jugendheimen und Erziehungsanstalten und bei so vielen Pflegeeltern gewesen, dass er sie nicht mehr zählen konnte, aber der Gedanke, in einem psychiatrischen Krankenhaus zu sein, raubte ihm wirklich den Verstand.

Er sagte mir, sobald wir einige Fortschritte machten und bewiesen, dass wir uns beherrschen könnten, wäre es möglich, aus der Gruppe zwei herauszukommen. Er war schon zweimal in Gruppe eins, aber wegen seines Jähzorns wurde er jedes Mal wieder zurückgeschickt. Er sagte auch, dass in zwei Wochen die Leute aus Gruppe eins einen Betriebsausflug zu einer Höhle in den Bergen machen und die Höhle besichtigen. Oh, ich will mit auf diesen Ausflug. Ich muss hier raus! Ich muss einfach.

1. August

Heute haben Mutter und Vater mich besucht. Sie glauben mir immer noch und Vater ist bei Jane gewesen und glaubt, dass er sie bald dazu bringen kann, zumindest die Aussage zurückzunehmen, ich hätte versucht ihr Drogen zu verkaufen.

Ich bin so dankbar für die Gruppentherapie. Vielleicht kann ich jetzt wenigstens etwas von diesem Ort profitieren statt daran zu zerbrechen.

2. August

Ich hatte ein therapeutisches Gespräch mit Dr. Miller und ich glaube, auch er glaubt mir! Er schien erfreut, dass ich in die Sozialarbeit gehen will, und meinte, es fehle sehr an Menschen, die verstehen, was draußen vor sich geht. Er schlug vor, ich solle ein paar Leute hier nach ihrer Geschichte befragen, vielleicht könne ich so mehr über die Menschen lernen, aber er warnte mich, nicht schockiert zu sein über manche Dinge, die sich herausstellen würden. Ich glaube, er denkt, es gebe immer noch Dinge in dieser Welt, die mich erstaunen könnten. Es ist gut, dass er nicht meine ganze Geschichte kennt, zumindest glaube ich, dass er sie nicht kennt???
Zuerst dachte ich, ich sei zu schüchtern, die anderen direkt zu bitten von sich zu erzählen. Aber er sagte, wenn ich ihnen erklärte, warum ich es wissen will, würden sie mir sicher helfen wollen. Ich weiß immer noch nicht, ob ich im Leben anderer Menschen herumspionieren will. Ich weiß überhaupt nicht, ob ich ihnen von meinem etwas erzählen wollte. Ich glaube aber doch – außer vielleicht von den allerschlimmsten Teilen.
Heute Abend habe ich ein bisschen ferngesehen, aber wir sind in diesem Bau nur sechs junge und dreißig ältere Damen, und da wir darüber abstimmen müssen, welche Programme wir sehen wollen, gewinnen sie natürlich. Ich glaube, ich lese oder

schreibe sowieso lieber. Ich versuche Babbie zum Lesen zu bringen und vielleicht holt sie sich morgen ein Buch aus der Bücherei im Jugendzentrum, wenn ich sie noch ein bisschen dränge. Es wird auf jeden Fall helfen sie abzulenken, wenn sie sich konzentrieren kann. Ihr Sozialarbeiter versucht sie bei Pflegeeltern unterzubringen, aber bei ihrer Geschichte scheint das schwierig zu sein, und ihre Eltern wollen sie offenbar nicht mehr haben. Ist das nicht traurig!

3. August

Das war ein herrlicher, heißer, fauler Tag. Wir lagen draußen auf dem Rasen, als ich den Mut fand, Tom – aus der Männerabteilung meines Baus zu fragen, warum er hier ist.
Tom ist ein hübscher, liebenswerter, sehr beweglicher junger Mann. Er ist fünfzehn und gehört zu den Menschen, bei denen man sich automatisch wohl fühlt. Er sagte, er komme aus einer soliden, angenehmen, normalen Familie, und in seiner Schule haben sie ihn zum populärsten Schüler gewählt. Ich nehme an, mich würden sie zum größten Idioten wählen, wenn so etwas in unserer Schule üblich wäre.
Jedenfalls hörten er und drei seiner Freunde im letzten Frühjahr etwas von Leimschnüffeln und fanden das aufregend, also kauften sie zwei Tuben und versuchten es. Er sagte, sie seien alle berauscht worden und fanden das großartig. Ich konnte an seinen Augen sehen, dass er es noch immer großartig fand.
Er sagte, sie machten eine Menge Lärm, brüllten und rollten sich am Boden, und der Vater des einen rief

herunter, sie sollten sich zusammennehmen. Er hatte nicht den geringsten Verdacht, warum sie so aufgedreht waren. Er dachte nur, sie trieben Unsinn wie immer.

Eine Woche später probierten die drei den Whisky seines Vaters, aber den mochten sie nicht so sehr, außerdem stellten sie fest, dass er schwieriger zu kriegen war als Hasch und Tabletten. Er sagte, was ich schon zuvor gehört hatte, dass Eltern nie ihre Abmagerungsmittel, ihre Beruhigungstabletten, ihre Grippepillen, ihre Aufputschmittel, ihre Schlaftabletten oder alle die anderen Medikamente vermissen, mit denen die Jungen auf den Trip gehen, wenn sie nichts anderes bekommen können. Er fing also ganz gemächlich an, aber nach sechs Monaten, sagte er, brauchte er so viel Geld, dass er sich einen Job suchen musste. Er bewarb sich dort, wo es am logischsten war – bei einem Drugstore. Und der Geschäftsführer brauchte ziemlich lang, bis er herausbekam, was mit seinem Tablettenvorrat geschah. Als es so weit war, entließ er Tommy ohne Angabe der Gründe, um seiner Familie die Peinlichkeit zu ersparen. Es wurde kein Wort über die Sache verloren und niemand außer Tommy und dem Geschäftsführer wussten, was los war. Doch inzwischen war Tommy ganz damit einverstanden, ohne Job zu sein, denn jetzt nahm er harte Drogen und kümmerte sich kaum um das, was passierte. Ein Freund gab ihm Heroin und er fing an in der Schule zu dealen, um genug davon kaufen zu können. Dann endete er hier und nach meiner unmaßgeblichen Meinung ist er immer noch weg vom Fenster, denn selbst jetzt wird er

high, wenn er nur von Drogen spricht. Ich beobachtete, dass Julie, die ziemlich nahe bei uns saß, genauso reagierte. Es ist ähnlich, wie wenn man jemand beim Gähnen beobachtet. Man wird angesteckt und fängt selbst an zu gähnen. Ich bin so dankbar, dass ich nichts empfand, aber ich wünschte fast, ich hätte ihn nicht danach gefragt, denn es war wirklich deprimierend zu sehen, dass er und Julie es nicht abwarten können, hier herauszukommen und wieder das Gleiche zu tun.
Oh, ich hasse es hier! Die schmutzigen Uringerüche in den Toiletten. Die kleinen vergitterten Zellen, in die sie Patienten einsperren, die auffällig werden. Eine alte Frau, eine Brandstifterin, ist fast ständig in einer solchen Zelle und ich kann das nicht aushalten. Die Menschen sind das Allerschlimmste.

4. August

Heute gingen wir schwimmen. Auf der Rückfahrt im Bus saß ich neben Margie Ann, die sagte, sie wolle nie mehr heraus. Sie sagte, sobald sie draußen wäre, würden die anderen hinter ihr her sein und versuchen sie wieder an den Stoff zu bringen, und im Moment wisse sie, dass sie nicht Nein sagen könne. Dann schaute sie mich an und sagte: »Warum hauen wir nicht ab, nur wir beide? Ich weiß, wo wir innerhalb einer Minute das tollste Zeug bekommen können.«

5. August

Vater und Mutter besuchten mich heute wieder und sie brachten mir einen zehnseitigen Brief von Joel. Mutter wollte, dass ich ihn sofort lese, aber ich wartete lieber, bis ich allein war. Dieser Brief ist etwas sehr Wichtiges für mich und ich will ihn mit niemand teilen außer mit dir. Außerdem habe ich wohl ein bisschen Angst, denn Vater hat Joel die Wahrheit über mich gesagt, zumindest so viel, wie er weiß. Also glaube ich, ich werde ihn erst später öffnen.
Vater erzählte auch, dass er Jane endlich so weit bekommen habe, eine eidesstattliche Erklärung zu unterschreiben, dass ich in der Schule nicht gedealt habe. Jetzt versuchen sie und Vater, Marcie dazu zu bringen, ihre Aussage zurückzuziehen. Vater sagt, wenn das geschehe, könne er mich sicher sofort hier herausbekommen.
Ich habe Angst zu hoffen, aber ich kann nicht dagegen an, und der Gedanke, an diesem hoffnungslosen Ort zu hoffen, bringt mich fast zum Weinen.

Später
Joels Brief war großartig. Ich hatte wirklich Angst ihn zu lesen, aber jetzt bin ich glücklich, dass ich es getan habe. Er ist der warmherzigste, mitfühlendste, verzeihendste, liebevollste, verständnisvollste Mensch auf der Welt und ich kann es kaum abwarten bis zum Herbst, wenn wir wieder zusammen sein können. Ich weiß, dass ich keine Drogenprobleme mehr haben werde, aber ich bin eine solche Flasche, eine solche unreife, kindische, unpraktische, unwahr-

scheinliche Gans, dass ich wirklich etwas tun muss, damit Joel stolz auf mich sein kann. Oh, ich wollte, er wäre hier, und ich wollte, ich wäre stark wie der Rest meiner Familie. Ich wollte, ich wollte, ich wollte.

8. August

Oh, herrlicher, köstlicher, wunderbarer, unglaublicher, fantastischer Tag! Tag voll Vogelgezwitscher und Sonnenschein und Blumen! Ich kann dir nicht sagen, wie glücklich ich bin. Ich komme hier heraus! Ich gehe HEIM! Heute werden alle Papiere unterzeichnet und Vater und Mutter werden morgen kommen und mich abholen. Oh, morgen! Es scheint ein Leben weit entfernt. Am liebsten würde ich schreien vor Freude, aber dann würden sie vielleicht kommen und mich wieder einschließen. Tatsächlich, ich bin nicht fair gegenüber diesem Ort. So schlimm er auch ist, er ist besser als die Besserungsanstalt. Kay sagte, wenn man sie in eine Besserungsanstalt geschickt hätte, dann hätte sie auch die letzten faulen Tricks noch kennen gelernt. Hier hält sie sich an die, die sie schon kann. Ich glaube, das trifft auf uns alle zu.

Ich kann noch nicht glauben, dass ich wirklich nach Hause gehe. Irgendjemand dort oben muss es gut mit mir meinen. Wahrscheinlich Großvater, der gute.

Später

Ich konnte nicht schlafen, darum habe ich über Babbie nachgedacht. Ich komme mir richtig schuldbewusst vor, weil ich gehe und sie bleibt. Wenn ich wirklich wieder stark bin und der Alptraum meines Lebens ein wenig verblasst, können wir vielleicht zurückkommen und sie holen. Aber ich nehme an, das ist ein kindischer Gedanke. So spielt das Leben nicht und das ist schade. Aber ich kann nicht mehr darüber nachdenken.

9. August

Endlich, endgültig und für immer bin ich zu Hause. Tim und Alexa haben sich so gefreut mich zu sehen, dass ich mir wirklich schrecklich vorkam, weil ich ihnen all diese Monate so verdorben habe. Als Glück kam, die kleine Katze, und mir Gesicht und Hände leckte, glaubte ich, Mutter werde weinen, und ich war nur froh, dass Großmutter und Großvater nicht mehr sehen können, was passiert ist.
Vater wusste wohl, wie mir zu Mute war, denn er war so liebevoll und gut. Guter, guter Vater, er weiß immer Bescheid. Und nachdem wir uns eine Zeit lang unterhalten hatten, schlug er vor, dass ich hinaufgehe und ein bisschen schlafe. Das war wirklich großartig, denn ich wollte ganz allein sein in meinem eigenen Zimmer mit meinen eigenen hübschen Vorhängen und meiner eigenen Tapete und meinem eigenen Bett und mein eigenes Haus um mich spüren mit der guten, liebevollen Familie unten. Ich bin so sehr, sehr dankbar dafür, dass sie mich nicht hassen, denn in vielerlei Hinsicht hasse ich mich selbst.

10. August

Liebes Tagebuch,
es ist zwei Uhr nachts und gerade hatte ich das köstlichste Gefühl, das ich je erlebte. Ich habe wieder versucht zu beten. Eigentlich wollte ich Gott nur dafür danken, dass er mir dort herausgeholfen und mich heimgebracht hat, aber dann fielen mir Jane und Marcie ein und zum ersten Mal wünschte ich wirklich, dass Gott auch ihnen helfe. Ich wünsche wirklich, dass sie ganz in Ordnung kommen und nicht in einem psychiatrischen Krankenhaus enden müssen. Oh, bitte, Gott. Ich hoffe, sie werden gesund. Bitte, hilf ihnen und hilf auch mir.

12. August

Vater hat eine Möglichkeit, für zwei Wochen in den Osten zu fahren und eine Vorlesungsreihe zu Ende zu führen, ist das nicht großartig? Natürlich ist es nicht großartig für Dr. –, der einen Herzanfall hatte, und ich hoffe wirklich, es geht ihm besser; aber jedenfalls wird Vater ihn in letzter Minute vertreten, und wir alle fahren mit und wohnen in ihrem herrlichen Haus und alles, ist das nicht toll?

14. August

Im Motel hatten sie nur noch ein Doppelzimmer, also haben Alexa und ich ein Bett und Mutter und Vater das andere, und Tim muss auf dem Boden schlafen, weil sie nicht einmal mehr Notbetten ha-

ben. Es macht ihm aber nichts aus – er sagt, es ist so lustig wie Camping. Wir ziehen Lose, wer zuerst ins Bad darf. Ich bin die Letzte, aber das macht nichts, weil ich in dir schreiben will.
Alles wäre einfach vollkommen, wenn Joel hier wäre. Er ist das einzige Gute, was uns fehlt, aber ich nehme an, es wäre ein bisschen ungemütlich, wenn wir alle in einem Zimmer übernachten und das gleiche Bad benutzten, wo wir doch gar nicht verheiratet sind. Es könnte sogar noch peinlicher sein, wenn wir es wären – aber ich erlaube mir noch nicht einmal daran zu denken. Es wird in meinem Leben absolut keinen Sex mehr geben, bis ich einen Mann habe in guten und in schlechten Tagen, bis dass der Tod uns scheide, und ich glaube, selbst dann werden wir noch zusammen sein. Ich kann mir einfach nicht vorstellen, dass ein gerechter Gott Menschen, die sich lieben, allein sein lässt, wenn sie in den Himmel gekommen sind. Großmutter und Großvater und Mutter und Vater könnten unmöglich glücklich sein, wenn sie nicht zusammen wären. Ich bin sicher, dass Großmutter starb, weil sie es nicht ertrug getrennt zu sein. Sie litt an gar nichts, außer dass sie ohne Großvater nicht weiterleben wollte.
Ich frage mich, ob Mutter jemals einen anderen Mann als Vater auch nur geküsst hat. Oh, sicher, denn Vater zieht sie manchmal wegen Humphrey auf, aber ich weiß, dass sie mit Humphrey nicht geschlafen hat. Ich glaube nicht, dass viele Mädchen solche Dinge taten, als Mutter und Großmutter jung waren. Ich wollte, es wäre noch so. Es wäre sicher viel einfacher eine Jungfrau zu sein, jemanden zu hei-

raten und dann herauszufinden, worum es im Leben geht. Wie es wohl für mich sein wird? Es könnte großartig sein, denn ich bin praktisch eine Jungfrau in dem Sinne, dass ich nie mit jemandem schlief, außer wenn ich stoned war, und ohne Drogen bin ich sicher fast besinnungslos vor Angst. Ich hoffe nur, ich kann alles vergessen, was geschehen ist, wenn ich jemals einen heirate, den ich liebe. Das ist ein netter, beruhigender Gedanke, nicht wahr? Mit jemandem zu schlafen, den man liebt.
Jetzt muss ich ins Bad.
Bis später.

17. August

So, wir sind da. Heute fängt Vater mit den Vorlesungen an und heute Nachmittag werden wir uns die Stadt anschauen. Es war dunkel, als wir ankamen, aber dieses Viertel ist unglaublich, alles ist üppig und grün und duftend. Ich bin so glücklich, dass wir hier sind. Doch wir sind alle erschöpft, weil gestern und die Nacht zuvor Mutter und Vater sich am Steuer abgewechselt haben und durchgefahren sind. Zwei Tage und eine Nacht im Auto haben uns alle etwas nervös gemacht, und obwohl es Spaß gemacht hat und interessant war, die Landschaft zu sehen, sind wir froh angekommen zu sein. Vater sagt, für die Heimfahrt lassen wir uns mehr Zeit, und vielleicht machen wir einen Abstecher nach Chicago und besuchen Joel. Wäre das nicht herrlich!!! Ich drücke so fest meine Daumen, dass ich weder essen noch schreiben mag.

20. August

Kannst du dir mich bei einem Tee in der Universität vorstellen? Und es hat mir sogar gefallen, obwohl es etwas steif war. Ich muss wohl erwachsen werden.
Bis später.

22. August

Nun, jetzt ist Schluss mit den Erkundungszügen der Wunderfrau. Offenbar bin ich gestern in Giftsumach* getreten und habe es mir wirklich besorgt. Es gibt davon nicht viel in dieser Gegend, aber ich habe es natürlich gefunden!
Ich bin verschwollen und rot, alles juckt, meine Augen sind fast geschlossen und ich sehe wirklich großartig aus. Der Arzt kam und gab mir eine Spritze, aber er wirkte nicht sonderlich ermutigend. Uff!

24. August

Ich wusste nicht, dass Giftsumach so ansteckend ist, aber nun hat es Alexa durch meine Kleider oder sonst was bekommen. Sie hat es nicht so schlimm wie ich, aber es juckt sie und sie fühlt sich ungemütlich. Ein paar Leute von der Universität kamen und wollten wissen, wo ich über die Pflanze gestolpert bin, damit sie sie vernichten können, aber ich weiß noch nicht mal, wie sie aussieht.

---

* Ein Anakardiengewächs mit Stoffen, die auf Mensch und Tier als Gift wirken

27. August

Hurra! Wir fahren übers Wochenende nach New York. Mutter und Tim und Alexa und ich nehmen morgen den Zug und kommen erst am Montag zurück. Ist das nicht großartig? All die Läden und alles – ich kann es kaum erwarten. Von meinem Ausschlag sind nur noch ein paar rosa Tupfen zu sehen, und die verdeckt sicher mein Make-up. Ich hoffe es, ich hoffe es. Wir fahren morgen mit dem Zug um 7.15 Uhr und Vater sagt, ich kann mir eine Menge neuer Sachen für die Schule kaufen. Hurra! Hurra!

29. August

Es ist so heiß und stickig in Manhattan, dass ich es kaum glauben kann. Solange wir in den großen Geschäften sind, geht es, aber wenn wir auf die Straße kommen, ist es, als gingen wir durch einen Ofen. Die Hitze steigt in großen Wolken von den Bürgersteigen auf und ich weiß nicht, wie die Menschen, die hier leben, das aushalten. Joel sagte, in Chicago sei es genauso schlimm, aber das kann ich kaum glauben. Jedenfalls haben wir fast den ganzen Morgen bei Bloomingdale eingekauft, und dann gingen wir am Nachmittag ins Kino in Radio City um wenigstens aus der Hitze herauszukommen.
Dass wir mit der Untergrundbahn fuhren, war unser größter Fehler. Sie steckte so voller Menschen, dass wir zusammengepresst wurden wie Sauerkraut in einem Topf und genauso schlecht rochen. Eine dicke alte Frau hing neben mir am Haltegriff und ihr

ärmelloses Kleid zeigte das unglaublichste Vogelnest unter ihrem Arm. Es war der stinkendste Anblick meines Lebens. Ich hoffe, Tim hat es nicht gesehen, sonst wendet er sich vielleicht für immer von Frauen ab.
Morgen gehen wir ins Museum of Modern Art und noch wohin. Ich glaube nicht, dass wir bis spät am Sonntag bleiben, denn Mutter fühlt sich so wenig wohl wie wir.

2. September

Wir fahren doch nicht über Chicago. In der Universität gibt es personelle Veränderungen und Vater muss zurück. Er hat angeboten einen kurzen Abstecher nach Chicago zu machen, weil er es mir doch versprochen hat, aber so unreif kann ich nicht sein – außerdem werde ich Joel in ein paar Wochen sehen und wir sind weder verlobt noch sonst was. Ich wollte, wir wären es!

4. September

Den ganzen Tag und fast die ganze Nacht durchzufahren ist wirklich eine Strapaze. Vater schielt fast vor Müdigkeit und Alexa kann nicht mehr ruhig sitzen. Ich wollte wirklich, ich könnte Mutter und Vater beim Fahren ablösen, aber Vater sagt, ohne Führerschein darf ich auf keinen Fall ans Steuer. Ich werde ihn machen, sobald ich kann.
Noch eine Umleitung, und ich werde den Verstand verlieren!

6. September

Endlich daheim. Vater muss hinüber in die Universität und ich weiß, dass er fix und fertig ist. Wenn ich in meinem Alter so müde bin, kann ich kaum verstehen, wie er auch nur noch einen Fuß vor den anderen setzen kann. Mutter saust durchs Haus so munter wie ein kleiner Vogel, aber das kommt wohl daher, dass sie DAHEIM, DAHEIM, DAHEIM ist. Oh, was für ein schönes, wunderbares, göttlich gutes Wort.
Sogar ich bin fast wieder auf dem Damm. Noch vor ein paar Stunden glaubten wir alle die nächsten Minuten nicht mehr überstehen zu können, aber jetzt haben wir den toten Punkt überwunden. Alexa ist zu Tricia gelaufen um Honey und ihre Kätzchen und Glück zu holen, und Tim macht sich in seinem »Stinkzimmer« zu schaffen, wie Alexa es nennt, und ich tue, was ich am meisten liebe, ich genieße einfach mein eigenes hübsches Zimmer mit meinen Büchern und all meinen persönlichen Dingen. Ich kann mich einfach nicht entscheiden, was ich zuerst tun soll, Klavier spielen oder hier bleiben und ein hübsches Buch lesen oder ein bisschen schlafen.
Ich glaube, ich bin für Schlafen.

7. September

Gestern traf ich beim Einkaufen Fawn – und sie lud mich ein, heute Abend zu ihr zu kommen und in ihrem Swimmingpool zu schwimmen. Ist das nicht nett? Vielleicht kann ich in diesem Jahr Kontakt zu den Anständigen in der Schule finden und dann wagen die dummen Hascher nicht mehr mich zu belästigen. Wäre das nicht prima? Jedenfalls sind Fawn und ihre Schwestern im Wasserballett und ich kann nicht sehr gut schwimmen, aber sie hat versprochen es mir beizubringen. Ich hoffe, ich ertrinke nicht oder falle am flachen Ende auf meinen Kopf.

10. September

Ich weiß nicht, warum ich so unsicher und ängstlich sein muss. Ich kenne Fawn noch gar nicht sehr lange und schon bin ich auf fast alle ihre anderen Freunde eifersüchtig. Ich denke, die anderen Mädchen seien hübscher und klüger und niemand wolle mich um sich haben, was ziemlich dumm ist, weil sie mich alle ständig einladen. Ich nehme an, ich bin einfach blöd. Ich hoffe nur, sie haben nicht all die gemeinen Geschichten gehört, die über mich in Umlauf waren. Ich weiß wirklich nicht, wem Jane und Marcie und all die dummen Hascher das alles erzählt haben, ich hoffe nur, nicht der ganzen Schule. Oh, ich hoffe, sie tun mir nichts mehr. Ich frage mich, ob alle Mädchen so schüchtern sind wie ich? Wenn ich glaube, dass ein Junge sich mit mir verabreden möchte, habe ich Todesangst, dass er es nicht tut, und wenn er es tatsächlich tut, habe ich Angst hinzugehen.
Gestern Abend schwammen wir alle, dann kam ein Wagen voller Jungen und Fawns Vater, der wirklich sehr nett ist, lud sie ein hereinzukommen und ein

Glas Punsch zu trinken. Wir alberten ein bisschen herum, dann drehten wir den Wasserschlauch auf der Veranda an und tanzten auf dem nassen Beton. Es hat Spaß gemacht und ich sah wohl ziemlich nett aus, denn Frank – hat mich eingeladen. Eigentlich wollte er mich nach Hause bringen, aber ich wollte noch bleiben und Fawn beim Aufräumen helfen. Aber die Wahrheit ist wahrscheinlich, dass ich in Gegenwart von Jungen kein Selbstvertrauen mehr habe. Mutter sagt, ich sei einfach wieder ängstlich und unsicher, und ich hoffe, sie hat Recht. Ich hoffe wirklich, sie hat Recht!

11. September

Fawn hat mich heute früh am Morgen angerufen. Sie will nächsten Freitag eine Party mit Jungen geben. Ich werde heute Nachmittag zu ihr gehen und ihr beim Planen helfen, aber ich hätte lieber nichts damit zu tun. Gestern Abend hat sie sich mit Wally verabredet und heute Abend wird sie mit ihm ins Kino gehen. Irgendwie wollte ich, sie ginge nicht. Ich weiß nicht, warum ich mir um sie Sorgen mache, sie ist ein paar Monate älter als ich, aber ich glaube, Jungen sind die Wurzel der meisten Probleme. Zumindest waren sie an der Wurzel von meinen meisten und das ist wahrscheinlich eine große Lüge. Auf jeden Fall habe ich heute Morgen einen Artikel über Identität und Verantwortung gelesen und darin steht, dass Jugendliche, die nie etwas selbst entscheiden dürfen, nie erwachsen werden, und andere, die alles entscheiden müssen,

bevor sie reif dafür sind, werden auch nie erwachsen. Ich glaube, ich gehöre in keine der beiden Kategorien, aber der Gedanke ist interessant.
Bis später.

16. September

Rate, was passiert ist! Mrs. –, meine alte Klavierlehrerin, rief an und möchte mich als Solistin bei ihrem berühmten Schülervorspiel haben. Sie will sogar das kleine Auditorium in der Universität mieten und die ganze Werbung und alles machen, mit meinem Bild auf dem Programm. Natürlich weiß sie, was mit meinen Händen los ist, es wäre also erst später im Herbst, aber ist das nicht aufregend! Ich wusste nicht, dass ich so gut bin! Ich wusste es wirklich und wahrhaftig und ehrlich nicht!
Sie will irgendwann bald meine Eltern treffen und das alles mit ihnen durchsprechen, aber ich kann es noch nicht fassen. Ich kann nicht glauben, dass es wahr ist. Ich meine, ich übe jeden Tag, und manchmal setze ich mich einfach hin und spiele zum Spaß, wenn es sonst nichts zu tun gibt, aber das kommt vor allem daher, dass ich mir aus dem Glotzofon nichts mache, vor allem nicht aus den Programmen, die Tim und Alexa anschauen, und ich kann nicht ständig lesen. Mir war wirklich nicht klar, dass ich so gut bin. Ob die anderen es wohl für dumm halten, bei einem solchen Vorspiel mitzumachen? Ich möchte es wirklich nicht mit ihnen verderben, vor allem jetzt nicht, wenn wir so eine gute Beziehung zueinander entwickeln. Ich glaube, ich warte einfach und bespre-

che die ganze Sache mit Fawn, aber ich werde damit warten bis nach ihrer Party. Ich weiß, dass sie das im Moment am meisten interessiert.
P. S. Ich habe den wunderbarsten Brief von Joel bekommen, er kann es nicht abwarten, mich zu sehen. Ich habe ihm nicht geschrieben, dass es mir genauso geht, aber sicher weiß er das.

17. September

Es kommt immer alles zusammen – jetzt habe ich auch noch meine Periode gekriegt. Jetzt werde ich auch noch deshalb unsicher sein. Ob Mutter sich wohl aufregen würde, wenn ich Tampax statt einfach Camelias kaufe? Wahrscheinlich, also mache ich es lieber nicht – aber es ist wirklich dumm wegen morgen Abend. Ach, wahrscheinlich ist es doch egal. Ich kann trotzdem meine neue karierte Hose und das neue Oberteil anziehen, aber es ist wirklich lästig. Nun, ich kann nichts dagegen tun, also kann ich geradeso gut vergnügt sein. Stimmt's?
Gute Nacht.

18. September

Als ich heute Morgen den Himmel betrachtete, wurde mir klar, dass der Sommer fast vorbei ist. Das hat mich wirklich traurig gemacht, weil es mir vorkommt, als wäre er gar nicht richtig da gewesen. Oh, ich will nicht, dass er vorbei ist. Ich will nicht alt werden. Ich habe diese dumme Furcht, lieber Freund, dass ich eines Tages alt sein werde ohne je wirklich jung gewesen zu sein. Ich frage mich, ob es so schnell geschehen kann oder ob ich mein Leben bereits ruiniert habe. Glaubst du, dass das Leben an einem vorbeigehen kann, ohne dass man es überhaupt merkt? Herrje, ich fange an zu frieren, wenn ich nur daran denke.

(?)

Junge, ich bin vielleicht dumm! Morgen hat Vater Geburtstag und ich hatte es völlig vergessen. Tim und Mutter haben einen Ausflug geplant, nur für die Familie, aber ich war so mit Fawn und den anderen beschäftigt, dass sie mich mit den Einzelheiten nicht belästigen wollten, woran du siehst, wer der Trottel in diesem Hause ist. Ach was, es hat keinen Sinn, wenn ich mir Vorwürfe mache. Ich muss mir einfach etwas ganz Besonderes für Vater ausdenken und damit alle überraschen.
Bis später.

19. September

Mutter hatte Recht. Meine Vorahnungen wegen Fawns Party waren völlig lächerlich. Es war großartig, großartig, großartig. Fawns Eltern sind wirklich reizend und dort sind die Leute, auf die es ankommt. Jess – wird der neue Vorsitzende des Schülerrats sein und Tess ist Vorsitzende bei den Mädchen, und Judy und überhaupt alle tun etwas. Ich weiß noch, dass ich sie vor einem Jahr für einen Haufen langweiliger Spießer hielt, aber jetzt hoffe ich nur, sie werden mir noch eine Chance geben und mich nicht auf den Kopf schlagen.

Ich nehme an, wenn ich wirklich reif wäre, würde ich die Tatsache akzeptieren, dass früher oder später jemand anfangen wird über meine Vergangenheit zu reden, obwohl die jetzt einfach ewig her ist, und dann werden die Eltern aller netten Leute ihnen sagen, dass sie sich nicht mit mir abgeben sollen, weil ich ihrem Ruf schade. Und alle netten Leute werden sich fragen, wie ich wirklich bin, und wenn sie erfahren, dass ich in einem psychiatrischen Krankenhaus war, dann kann ich mir schon vorstellen, was in ihren Köpfen vorgehen und was aus ihren Mündern kommen wird! Man sollte glauben, dass man in einer Schule mit über neunhundert Schülern von einer Seite zur andern überwechseln kann, und ich kann es, wenn sie mich lassen. Oh, ich kann es! Bitte, bitte, lasst mich!

Vielleicht sollte ich wirklich aufrichtig sein und es Fawn und ihren Eltern sagen. Glaubst du, sie würden es verstehen, oder wäre es nur peinlich für uns alle? Ich weiß, dass ich früher oder später Fawn einfach von dem Krankenhaus erzählen muss. Sie hat mich schon wegen meiner Hände gefragt und ich komme mir einfach nicht anständig vor, wenn ich sie weiter belüge. Ich wollte, ich wüsste, was ich tun soll. Wenn ich jemanden hätte, der weiß, wie man diese Dinge anpackt, müsste ich nicht hier in meinem Bett sitzen und dir und mir Sorgen machen. Ich ließe mir einfach sagen: »Du musst dies oder jenes tun.« Ich fürchte, Mutter und Vater sind in dieser Beziehung noch unsicherer als ich. Sie haben versucht so wenig

Aufhebens wie möglich zu machen, und ich weiß noch nicht einmal, ob ihre engsten Freunde informiert sind über das, was geschah. Warum ist das Leben so schwierig? Warum können wir nicht einfach wir selber sein und damit rechnen, dass jeder uns so akzeptiert, wie wir sind? Warum kann ich nicht einfach ich sein, wie ich jetzt bin, ohne mir über meine Vergangenheit und meine Zukunft Gedanken und Sorgen machen zu müssen. Ich hasse die Ungewissheit, ob nicht morgen wieder Jane und Lane und Marcie und all die anderen hinter mir her sein werden, und manchmal wünsche ich nie geboren zu sein. Ich frage mich, was der nette Frank denken würde, wenn er über mein wirkliches Ich informiert wäre? Vielleicht würde er davonlaufen wie ein erschrockenes Kaninchen oder er würde sofort denken, er könnte von mir kriegen, was er wollte, und er würde nur eines wollen!
Ich wollte, ich könnte schlafen. Ist es nicht gespenstisch, wie manchmal die Zeit so schnell vergeht, dass man kaum Schritt halten kann, so wie es in den letzten zwei oder drei Wochen war. Stunden und Minuten und Tage und Wochen und Monate verschwimmen ineinander in einem blitzenden Nebel. Vater hat heute Geburtstag und morgen habe ich. Vor hundert Jahren wäre ich jetzt vielleicht verheiratet und würde irgendwo auf einer Farm Kinder kriegen. Wahrscheinlich habe ich Glück, dass heutzutage die Dinge nicht so schnell passieren. Aber auf jeden Fall muss ich anfangen, mehr wie eine Erwachsene zu denken und mich reifer zu benehmen.

Später
Oh, heute Nachmittag bin ich gelaufen und habe Vater einen ärmellosen Pullover gekauft. Er wird ihm sicher gefallen, denn er hat einen ähnlichen im Schaufenster von Mr. Taylor gesehen und gesagt, so etwas wäre ideal für das Büro, wenn er kein Jackett tragen möchte. Jetzt muss ich nur noch das Gedicht fertig schreiben und dann habe ich wenigstens etwas richtig gemacht. Ich frage mich, ob das Leben für andere Leute ebenso explosiv und verwirrend ist. Ich hoffe nicht, denn ich wünsche dieses Durcheinander keinem anderen.

Ob sie meine Geburtstagsfeier mit der von Vater heute Abend verbinden oder ein extra Fest vorhaben? Zwei Geburtstagskuchen in einer Woche können allen den Magen verderben.

Uff, noch ein Geburtstag! Ich bin schon fast eine alte Frau, zumindest habe ich mehr als die Hälfte meiner Teenagerjahre hinter mir. Es kommt mir vor, als sei ich noch gestern ein Kind gewesen.

20. September

Ich hatte kaum die Augen offen, als Frank anrief und fragte, ob ich heute Abend mit ihm ausgehen wolle, aber ich sagte ihm, dass ich das ganze Wochenende mit meiner Familie verbringe. Er schien enttäuscht, aber er hat mir wohl geglaubt. Jedenfalls kann ich riechen, wie unten eine ganze Pfanne voll Schinken brät, und ich bin so hungrig, dass ich meine Decke anknabbern könnte.

Bis später.

P. S. Vaters Geburtstag war super! Alle waren einander so nah und es war so schön, aber davon werde ich dir später erzählen.
P. P. S. Der Pullover und mein Gedicht haben ihm gefallen. Ich glaube, er mochte das Gedicht besonders, weil ich es für ihn persönlich geschrieben habe. Er putzte sich sogar die Nase, als er es las.

Später
Alle schmieden unten Pläne und das ganze Haus ist voller Düfte, die selbst Königen und exotischen Prinzessinnen den Mund wässrig machen würden. Ich frage mich, was sie tun. Mutter und Tim und Alexa ließen mich noch nicht einmal ins Wohnzimmer. Sie sagten, ich solle hinaufgehen und baden und mir die Haare aufdrehen und erst wieder herunterkommen, wenn ich das schönste Wesen auf der Welt sei. Ich weiß nicht, wie ich das fertig bringen soll, aber der Versuch wird Spaß machen.

Später
Nie, nie wirst du raten, was passiert ist! Joel war hier! Ich wusste, dass er sich spät einschreiben werde wegen seines Jobs, aber ... Ich kann es immer noch nicht glauben. Der gemeine süße Kerl! Er ist vier ganze Tage da gewesen und er saß sogar unten im Wohnzimmer, als ich heute Nachmittag heimkam in meinen alten abgeschnittenen Jeans und Vaters ältestem Hemd, das voll weißer Farbe ist. Er sagte, als ich mich den Pfad heraufschleppte, wäre er am liebsten umgekehrt und zurück nach Chicago; ein Glück, dass ich dann mein weißes

Kleid und die neuen Sandalen anzog. Er konnte nicht glauben, dass ich der gleiche Mensch war. Tim und Vater lachten und sagten, sie hätten ihn am Stuhl festbinden müssen, damit er nach dem ersten Blick auf mich dablieb.

Es war ein schöner, schöner Abend und sicher haben sie Spaß gemacht, hoffe ich! Als Joel mich sah, küsste er mich jedenfalls vor der ganzen Familie direkt auf die Lippen und drückte mich, bis ich dachte, meine Knochen krachten zusammen wie Kartoffelchips. Es war schön, obwohl es etwas peinlich war.

Sie hatten das den ganzen Sommer über geplant und ich hatte gedacht, mein Geburtstag würde einfach eine Art Überbleibsel von Vaters Fest. Stattdessen war es der schönste, den ich je erlebt habe. Joel schenkte mir einen weißen emaillierten Freundschaftsring mit vielen kleinen Blumen und ich werde ihn tragen, bis ich sterbe. Ich habe ihn jetzt an und er ist wirklich hübsch. Mutter und Vater schenkten mir die neue Lederjacke, die ich mir gewünscht habe, und von Tim bekam ich ein Halstuch und Alexa machte karamellisierte Erdnüsse, die Vater und Joel und Tim aßen, weil ich die meisten von Vater an seinem Geburtstag gegessen habe. Komische kleine Alexa, sie kann bessere karamellisierte Erdnüsse machen als Mutter oder ich und sie weiß es und verrät uns ihr Geheimnis nicht, vielleicht besteht es nur darin, dass sie so süß ist, und das überträgt sich auf die Erdnüsse.

Ich konnte Joel nur zehn Minuten allein sehen, als wir auf der Verandatreppe saßen, bevor Vater ihn dahin zurückbrachte, wo er wohnt. Ich habe sogar

vergessen danach zu fragen, wir hatten so viele Themen, aber ich bin sicher, dass er mich auf eine stille, sanfte, zärtliche, dauernde, bleibende Weise mag. Wir haben uns fast den ganzen Abend an den Händen gehalten, aber das hatte nicht allzu viel zu sagen, weil Alexa an der anderen Hand hing und Tim versuchte ihn fortzuziehen und ihm all die Dinge zu zeigen, die er den Sommer über gesammelt hat.
Nun, wenn ich um sechs Uhr aufstehen und üben und dem morgigen Tag ins Gesicht sehen will, schlafe ich jetzt besser. Außerdem möchte ich von diesem schönen Tag träumen und davon, wie viel schöner jeder Tag nach heute sein wird.

21. September

Ich bin aufgewacht, bevor der Wecker klingelte. Es ist erst fünf Minuten nach fünf und ich bezweifle, dass irgendjemand sonst in diesem Viertel auf ist, aber ich bin so hellwach, dass ich es kaum aushalte. Ehrlich gesagt glaube ich, dass ich sinnlose Angst davor habe, wieder in die Schule zu gehen, aber mein Verstand sagt mir, dass alles gut gehen wird, weil ich Joel und meine neuen superanständigen Freunde habe und sie mir helfen werden. Außerdem bin ich viel stärker als früher. Das weiß ich.
Ich dachte immer, ich würde mir ein anderes Tagebuch kaufen, wenn du voll bist, manchmal dachte ich auch, dass ich mein Leben lang ein Tagebuch oder Journal führen würde. Aber jetzt glaube ich eigentlich nicht, dass ich es tun werde. Tagebücher sind großartig, wenn man jung ist. Du hast mir tatsächlich

Hundert, Tausend, Millionen Mal den Verstand gerettet. Aber ich glaube, wenn ein Mensch älter wird, sollte er seine Probleme und Gedanken mit anderen Freunden diskutieren können statt nur mit einem anderen Teil seiner selbst, wie du es für mich gewesen bist. Siehst du das ein? Ich hoffe es, denn du bist mein liebster Freund und ich werde dir immer dafür dankbar sein, dass du meine Tränen und Schmerzen und meine Kämpfe und Mühen und meine Vergnügen und Freuden mit mir geteilt hast. Es ist alles gut gewesen auf seine besondere Art, glaube ich. Tschüs.

> Die Verfasserin dieser Aufzeichnungen starb drei Wochen nach ihrem Entschluss, kein weiteres Tagebuch zu führen.
> Ihre Eltern kamen vom Kino nach Hause und fanden sie tot. Sie verständigten die Polizei und das Krankenhaus, aber es gab nichts, was man noch hätte tun können.
> War es eine zufällige Überdosis? Eine vorbedachte Überdosis? Niemand weiß es und eigentlich ist diese Frage nicht entscheidend. Wichtig bleibt, dass sie starb und dass sie unter Tausenden von Drogenopfern nur eines ist.

Worterklärungen

Amphetamine – Weckmittel, Psychostimulantien, die entweder in Tablettenform oder, in Wasser aufgelöst, durch die Spritze genommen werden. Sie bewirken eine Verzögerung des Schlafeintrittes, ein vermindertes Hungergefühl (Appetitzügler!) und das Empfinden gesteigerter Leistungsfähigkeit, dem Selbstunsicherheit folgt.

anturnen – to turn on, etwa: einschalten; sich durch Drogen für besondere Bewusstseinseindrücke bereit machen

ausflippen – schlechtes Ende eines Trips, quasi ausklinken aus den positiven Erlebnissen; bedeutet auch Rückzug aus der Gesellschaft, Abbruch von Schule und Ausbildung, sich nicht mehr zugehörig fühlen

Babysitter – im Zusammenhang mit Drogen Bezeichnung für einen, der nüchtern bleibt und anderen bei schlechten Trips beisteht

Barbiturate – Beruhigungsmittel, Schlaftabletten, die rasch zur Gewöhnung führen und, um ihre Wirkung zu erhalten, gesteigert werden müssen

Benny – vgl. Amphetamine

dealen – mit Drogen handeln

Dealer – Drogenhändler

Dexies – vgl. Amphetamine

DMT – vgl. Halluzinogene

Establishment – bestehende Ordnung

Grass – Cannabis, indischer Hanf, aus dem Marihuana und Haschisch gewonnen wird

H – Heroin, ein Opiat, das gefährlichste Rauschgift überhaupt, das rasch zur Sucht wird

Halluzinogene – Drogen wie LSD, DMT, Peyote, Meskalin u.a., die zur Veränderung der Wahrnehmung und des Ich-Erlebens führen

Hasch – Haschisch

high – Euphorie, gesteigertes Glücksgefühl nach Drogengebrauch

Horrortrip – schlechte Erlebnisse nach dem Gebrauch von Halluzinogenen

Joint – Haschischzigarette

Kopilot – vgl. Amphetamine

Pot – Cannabis, vgl. Grass

Schnee – Kokain, vgl. Amphetamine

Stoff – Drogen allgemein

stoned – unter dem Einfluss von Drogen

Trip – Reise in den Rausch unter dem Einfluss von Halluzinogenen

User – einer, der Drogen gebraucht

ab 12 Jahren

180 Seiten,
ISBN
3-414-88615-4

Solace Hotze
Ein Kreis schließt sich

Die Häuptlingstochter Kata Wi sieht nur auf den ersten Blick wie ein Indianermädchen aus. Doch sie hat helle Augen.
Als ein Händler das bemerkt, wird für Kata Wi alles anders. Sie wird zu ihrer Familie zurückgebracht. Jetzt, nach sieben Jahren bei den Sioux, soll sie auf einmal wieder Judith Porter sein. Schon bald merkt sie, daß sie sich entscheiden muß ...

BOJE VERLAG ERLANGEN

dtv pocket
Bücher für Jugendliche

Band 78088

Der 13-jährige Declan ist klug, zäh und – ein Terrorist. In den engen Straßen von Belfast kennt er nur einen Feind: die Engländer. Seit dem gewaltsamen Tod seiner Familie hat er sich ganz den »Holy Terrors« verschrieben. Declan wird polizeilich gesucht und dann ausgewiesen, sein Onkel Matthew in Kanada hat das Sorgerecht übernommen. Dort angekommen hat Declan nur einen Gedanken: Er will so schnell wie möglich zurück nach Irland ...

Band 78118

Der Unfall im Kernkraftwerk Cookshire verändert Nyles Leben von Grund auf. Dabei haben sie und ihre Gran noch Glück gehabt, ihre Schaffarm ist bisher vom Fallout verschont geblieben. Als sie die Frau des Werksleiters und ihren schwer radioaktiv verstrahlten Sohn Ezra bei sich aufnehmen, will Nyle zunächst nichts von dem Jungen wissen ...